KB147613

1인분 인생
빛나게

나
로

살
기

1인분 인생
빛나게

나
로
살
기

희
망
씨 **+** 한
수

미네르바

꽃들에게 희망은 있는가? 애벌레에게 꽃은 욕망이며 수단이다. 꽃뿐이겠는가, 애벌레에게 애벌레는 경쟁자며 손을 잡아야 할 협력자다. 나의 성공이 아니고서는 세상은 아무런 의미가 없지 않은가?

'코로나19? 팬데믹? …… 나는 무엇을 할 수 있나?' 알 수 없는 질문과 물음들이 머릿속을 맴돈다. 죽어 나자빠진 시간 속에선 비전이나 전망은 없다. 일그러진 희망과 찌그러진 시대는 누구 하나의 문제가 아니다. 인류의 문제는 개인의 문제보다 낮은 차원의 것처럼 느낄 수 있다, 하지만 그 후과는…? 그렇다고 예서 주저앉을 수는 없다.

단 한 번도 어제보다 오늘이 더 나은 적은 없었지만 살아있고, 앞으로 살아야 한다. 유무상생, 나는 호머 사피엔스 사피엔스 아닌가?

구름이 태양을 잠시 가렸다고 어둠이 세상을 집어삼키지는 않는다. 태양이 서산을 넘어가면 별은 뜨기 마련이다. 쓰러진 자리를 디딤돌 삼아 털고 일어나야 한다고, 자기중심적인 사고를 벗어던져야 한다고 팬데믹은 호소한다.

손을 잡지 않은 생물은 단 하나도 살아남지 않았다. 나는 살아남기 위해 우선 나와 손을 잡아야 한다. 내가 나를 이해하고, 공감을 해야 다른 사람과도 포옹을 할 수 있다.

마음과 마음이 하나가 되면 엔데믹이지 않을까?

나는 나 그리고 너는 너라는 자기중심적인 사고로는 무엇 하나 극복할 수 없다. 탐욕적인 자본가들이 만든 환경문제, 양극화 등으로 인류의 희망인 젊은이들의 미래를 앗아가는 행위를 삼가야 한다.

너의 고통이 나의 고통이고, 나의 고통이 너의 고통이라는 사실을 알아야 한다. 나의 고통을 덜어줄 너, 너의 고통을 줄여줄 나는 손을 잡아야 한다. 그러기 위해서는 먼저 자신은 정수 1로 이루어진 존재가 아니라 다양한 감정과 다채로운 생각을 가지고 있는 분수라는 사실을 알아야 한다. 또는 자기 자신은 고정된 명사형이 아니라 무한한 가능성이 있는 동사형이라는 것도 인식해야 한다.

나는 내 편이 되어야 하고, 나는 나를 믿어야 한다. 그래서 잘난 맛에 살아도 힘든 세상을 이겨내야 한다.

그리하여 세상의 모든 꽃들은 활짝 피어나 하나의 꽃밭을 이룰 것이다.

Contents

나는
나다

나를 향해
　　첫발을

막무가내 희망만큼 감내하기 힘든 것은 없다. 희망
도 지나치면 폭력이 된다. 스스로 다독이며 살아야
하는 1인분의 삶….

'빨리 가려면 혼자 가고, 멀리 가려면 함께 가라.'
인생은 오직 오늘뿐이지 않은가.
어제와 내일은 미몽에 불과하지 않은가.
하지만 나는 오늘에서 내일로 나를 일으켜 세우고
때론 밀고 끌며 사는 존재다. 있음에서 없음을 지
향하는 인생은 담대함이라고 하지 않던가.
정글처럼 한 길 앞을 알 수 없는 게 삶이다.

송곳니를 드러내고 먼저 물어뜯지 않으면 안 되는 세상에서 살아남으려면, 꼿꼿한 의지로 타인을 눈부시게 하는 게 있어야 한다는 선현들의 말씀…. 너도 나도 이런 심정을 장착하고 세상을 향해 첫발을 떼게 된다. 사뭇 살벌하다. 꽤, 당돌한 첫 발걸음이다.

하지만 어림도 없다.
사흘도 못 돼 고개를 절레절레 흔들며 쥐구멍에라도 숨고 싶다. 시퍼렇게 몇 마디 날선 말에 눈물은 주책없이 쏟아지고, 눈칫밥은 모래알처럼 입안을 겉돌고, 눈총에 주체할 수 없이 나대는 심장, 물에 빠진 휴지 꼴이….

'젠장, 젠장, 젠장, 간장, 된장, 고추장….'
거스르고 거슬러도 그 끝에 내가 남는다.
결국 나를 극복하지 못하면 모든 게 원점….
나를 향해 첫발을 딛는다.

나는 나에게
　　손을 내민다

하루하루 간신히 버틴다.

겨우 혼미한 정신을 가다듬고 '쇠뿔도 달았을 때 두들겨 패'라고 했는데, 세상에 대한 '뜨거운 열정이 있을 때 자신을 담금질해야 하는데'를 되뇌며, 삼겹살도 익힐 더위에도 불구하고 한참을 방구석에 처박혀 있었던 게 얼마던가.

21세기 어느 도심 쪽방, 마치 무공을 연마하는 무사처럼 말이다.

한참 후, 세상에 첫발을 내딛고서 알았다. 쪽방에서 이불킥을 하며 세상을 공부한다는 것은 맹랑한

짓이라는 사실을 발견하고 문을 걸어차고 세상에
나를 대충 구겨 넣었다.

'절독, 신문사절'
완강한 거부에도 사각으로 접은 신문지를 던지고
골목길을 달려야 하는 심정으로 나는 나를 방치할
수 없었다. 더 이상 물러설 수 없는 현실에 칠팔월
뱀처럼 독기를 품어야 했다.

위대한 모험가가 있다. 세상을 향해 당차게 걸어
나가는 나다. 스스로 모험가라는 이름을 붙이자 어
깨는 풍선처럼 부푼다. 내가 건너갈 세상은 결코
평탄하길 기대하지 않는다.

한없이 움츠러들다 보니 어느덧 먼지처럼 된 내
자신을 발견하게 되었다. 이 사실이 더 절절한 것
이었다는 것을 알아주었으면 좋겠다. 이래저래 한
세상이라면 나는 '내 멋대로 하겠어, 그래도 난 내
갈 길을 간다!'라고….

다른 사람이 본다면 만용, 오만…, 아니 내게는 만용이나 오만이라도 있었으면 좋겠다.

굼벵이가 매미가 되기까지 견뎌야 하는 시간보다도 더 나는 참고 참았다. 그래서 자존심이나 자긍심은 이미 지하에 뒹굴고 있지 않은가.

결심한다, 나는 무턱대고 나를 응원한다. 전적으로 나는 나를 믿고 세상으로 가자. 내 삶을 더 이상 방치할 수는 없지 않은가. 줄어드는 내 삶을 움켜잡고 발광이라도 해야 하지 않을까. 미쳐야 진짜 미칠 수 있다고 완전 돌아버리겠다.

끊임없는 인내와 배움의 과정을 통해 성장할 기회를 잡을 수 있다는 선배의 말은 허망하다. 배우려면 내 무식함을 인정하고, 비우려면 내 마음부터 열어야 한다는 꼰대들의 말은 자기 밥그릇을 지키려는 전략이라는 것을 알았다.

작은 상처가 나면 온갖 세균과 바이러스가 득달같

이 쳐들어오듯이 순진한 내 마음을 솔직하게 여는
순간 온갖 악다구니들이 쏟아질 것이다.

하지만 손을 펴지 않으면 손을 잡을 수 없지 않나.
나는 나에게 손을 내민다.

나는

분수다

자기 자신에 대해 제대로 안다는 것은 언어도단이다. 자기 자신을 돌이켜 본다는 것은 면벽 수행이다. 내가 나를 모르는데 누가 나를 알 수 있나?
왜, 나는 나에 대해 아는 게 타인보다 일천하단 말인가?

도통 이해할 수 없는 사실에 하루에도 수없이 허물어진다.
레고블록도 아닌데 하룻밤에도 숱한 희망과 꿈은 마천루처럼 쌓았다가 무너지고, 정체성도 이카로스처럼 한껏 날았다가 하루아침의 태양에 추락하기 일쑤다.

도대체 너는 누구냐?

작은 바람에도 감정이 누웠다 일어나고, 허술한 관계에 무턱대고 목숨을 걸고, 말 한마디에 하늘을 날다가 무심한 한마디에 지옥으로 곤두박질을 치는 나는 누구냐? 애매하고 모호한 나는 정수 1이 아닌 것은 확실하다.

나는 고정된 명사가 아니다.

나는 분수이며, 동사이다.

내 속엔 내가 너무도 많다.

그래서 내가 나를 안다는 것은 꽤나 어렵다.

이런 사실을 알아야 내가 나를 아는 실마리를 찾을 수 있다. 나를 아는 실마리는 미궁 라빈토스에서 탈출할 수 있는 실타래고, 세상을 살아가는 지혜이며 능력이다. 제정신을 차리지 않다간, 상상하기도 싫다. 까딱하면 을지로 지하철 통로에 즐비한 날개 없는 천사가 되기 십상이다.

나로 서기,
　　세상이 오라고 하는 거다

10년이면 강산이 변한다고?
그건 이웃집 할머니나 할 소리다.
요즘은 낮잠 한숨 자고 일어나면 강산이 순삭이다.
세상은 하루가 밀다고 변하는데 완강하게 고집을
부리는 꼴통이 있다.

바로 나다.
나에게 협박을 하고, 야지를 놓고, 비장하게 결심
을 하지만 좀체 바뀌지 않는 나다!
나는 나를 도저히 이길 수 없다.
나는 너무 고집불통이다.

막무가내로 하고 싶은 것만 하려는 내 자신을 나는 이길 수 없다. 그렇다고 내 자신을 망나니로 치부할 수도 없다.

내 자신을 체념하거나 포기할 수는 없지 않은가? 살아온 날보다 살 날이 더 많이 남았는데…. 내 자신에게 지지적 접근을 해야 열린다는 사실….

고심 끝에 내 자신을 무턱대고 지지하기로 하고 나는 세상을 바꾸기로 했다. 뭔 새소리냐, 뭔 개소리냐고 하겠지만 도무지 알 수 없는 나를 바꿀 수 없다면 실체가 있는 세상을 바꿀 수밖에…. 세상을 그리 간단하게 바꿀 수 있다면 진즉에 바꿨을 것이라고….

모든 게 때가 있고, 주인은 따로 있는 게 세상 이치다. 지금껏 세상을 바꾸려면 자신을 바꾸라고…나는 나를 바꾸기 위해 세상을 바꿔야 한다는 사실을 깨달았다.

코페르니쿠스 전에는 천동설은 상식이고 진리였다. 발상의 전환, 생각을 바꾸면 세상이 바뀌는 게 아니라 세상이 바뀌면 생각이 바뀐다.

뭐가 대수인가?
상수를 바꿀 수 없다면 변수를 바꾸고, 변수를 바꿀 수 없다면 상수를 바꾸면 된다.

뭐로 가도 서울만 가면 되는 게 아닌가?
나를 바꿔 행복한 삶을 꾸리든 세상을 바꿔 행복하게 살든…. 중요한 것은 나는 나로 홀로서기를 제대로 하면 되는 거다.

내가 홀로 선다는 것은 나의 행복이며 부모님과 친구 그리고 온 우주가 박수갈채를…. 내가 세상으로 가는 게 아니고 세상이 오라고 하는 거다. 세상이 나를 받아들이는 게 아니라 내가 세상을 윤허하는 거다.

이거면 충분하지 않은가?

내가 세상으로 가는 게 아니고 세상이 오라고 하

는 거다.

결심은
결행이다

결심은 강렬한 의지다.

결심이란 실천을 전제로 한 목표다.

지구를 중심으로 우주가 돌든 우주의 중심으로 지구가 돌든 중요한 것은 살아가는 것이다. 살기 위해 결심을 하고, 살아내기 위해 지랄발광이다.

적자생존, 용불용설 등 살아낸다는 것은 적응이다. 적응은 세태를 잘 파악해 약삭빠르게 또는 눈치껏 태세를 전환할 줄 알아야 한다. 그렇지 않고 미적거리다 우물쭈물하다 뭔가 잃기 십상이지 않은가?

결심을 구현하기 위해서 우선으로 해야 할 것이

있다.

2,3년 주기로 변하는 세상이 아니라 분기별 주기로 바뀌는 현실에 나를 도킹시킨다. 하루가 멀다하고 변하는 세상에 적응하려면 내 맘대로 할 수 있어야 한다.

그래서 나를 에워싸고 있는 모든 문명의 이기를 최신형으로 바꾸기로….

24개월 전에 산 스마트폰은 신물이 나 시대의 조류를 따를 수 없다. 내게 유산처럼 또는 신줏단지 같은 7년 된 아버지의 자동차는 간지가 없다. 그래서 친구들이 부르는 내 차의 이름은 녹차다. 텁텁한 입을 헹구기 위해 녹차를 마시며 계획을 똘똘하게 수립했다. 수립한 계획을 손에 잡으려면 원수 같은 돈이 문제다.

그 순간 뇌리에 꽂힌 게 있다. 아직 싱글이다, 내

주변은 온통 싱글이다.

뉴스에서는 우리나라의 저출산 고령화 문제에 대해서 떠들어댄다. 뭐, 내 알 바는 아니지만.
그래도 나는 1인분의 삶이라도 성실하게 살기로 하지 않았는가, 구질구질한 더블보다 화려한 싱글을 지향하는 삶을….

이런 와중에 악마는 디테일에 강하다는 사실, 아직 더블이 용납되지 않은 싱글의 삶을 영위하는 나로 인해 덕을 보는 분은 부모님이라는 사실.

싸움은 말리고, 흥정은 붙이고, 이익은 나누어야 한다. 그래서 이번 주 일요일에 부모님 집을 쳐들어가기로…. 물론 양손에는 엄빠가 좋아하는 음식을 들고서….

'도.대.체!! 왜, 왜, 왜 혼자? 엄빠 속터져 죽일 일 있니? 그딴 소리를 할 거면 꺼져, 내 집에서 당장

꺼지라고.'

이렇게 핏대를 세우다 뱁새눈으로 고개를 푹 숙인
나를 보면서….
이때가 가장 중요하다 애잔한 감정을 불러일으키
는 표정과 연민의 정이 들끓게 할 수 있어야 한다.
그리하여 말 못할 이유가 있는 것은 아닌지 넌지
시 물어오면 이빨을 드러내고 확 물어야 한다.

뭔가 문제가 있거나 모자란 내가 아니기에 사람들
에게 받던 편견과 시선은 중요하지 않다. 나에겐
뚜렷한 목적이 있지 않은가?

이때 주눅이 들면 끝이다.
맘에도 없는 결혼을 해서 시간을 허비할 수 없어.
난 백수지만 바빠서 시간이 없다고. 세상 사람들의
논리처럼 끊임없이 무언가를 증명하고 설명해야
하는 고달픔의 길이 아닌, 단도직입적으로 엄빠가
무책임하게 낳았으니 책임을 지라고 막무가내로

고집을 부리는 게 제일이다.

설마 '네가 알아서 생겼어 그리고 네가 때맞춰 나
왔지. 어차피 나올 거라면 잘 갖춰서 나왔어야지'
라고 하지는 않겠지.
번갯불에 삼겹살 구워 먹듯이, 냉온전략으로 혈압
이 올라 엄빠가 뒷덜미를 잡는 순간 애교를 섞은
말로 나쁜 짓 안 하고 혼자서도 충분히 즐겁고 행
복하게 살 수 있다며, 요즘 많은 사람들이 1인분
인생으로 잘 산다고 조잘댄다.

마지막으로 대못을 박듯 엄빠도 결혼생활이 즐겁
고 행복한 것만은 아니지 않았느냐고 부화를 지
른다. 그럼, 내게 드리었던 시선이 엄마는 아빠를,
아빠는 엄마를 보며 무언의 저주가 시작된다.
그 틈에 냉장고를 열어 달콤하고 시원한 음료를
따라 엄빠 앞에 턱….

부모가 자식을 이기지 못하는 세상이 아니라 부모

도 자식을 못 믿는 세상. 하물며 이익으로 뭉친 사회의 기준과 조건에 부합하지 않으면 편견을 가지고 바라볼 수밖에 없는 사회다.

이 현실에서 많은 사람의 선택지가 다른 삶을 살아가기로 결정했다면 부디 좀 더 씩씩하고 담대하게, 당차고 자신 있게 살아가기를 나는 내게 당부하고 싶다.

잔소리 하는

　　세상은 꺼져

서점에서 멀미를 한다. 책이 지천이다, 지친다. 지
나칠 정도로 정보가 많은 서점만 가면 골치가 아
프다. 정보를 습득하기 위해, 독서 자체를 즐기기
위해서 읽을 때는 내용을 맹신하기보다는 책은 하
나의 의견이기에 자신에게 맞는 것을 분별하는 능
력이 필요하다.

순간의 판단과 선택이 평생을 인싸와 아싸로 나눈
다. 나를 인싸로 만드는 것이라도 내 취향에 맞게,
먹기 좋게 조리를 할 줄 알아야 한다. 그래야 그나
마 나의 삶에 영양분이 된다.

지나치게 많은 정보는 약이기보다는 병에 가깝다. 내게 스트레스와 병을 만드는 정보 중 나에게 필요한 것을 신중하게 선별을 해야 한다.

그러려면 자기만의 공리와 공준은 있어야 한다. 세상에 대한 칼을 가슴에 품을 게 아니라 살면서 필요한 공준이나 공리를 가져야 한다. 그래야 어떤 세파가 몰아닥쳐도 흔들리지 않는다. 나의 공리와 공준은 나를 긍정적으로, 내 삶을 윤택하게 하는 것이다. 무턱대고 베스트셀러, 저명한 저자라고 모든 책을 섭렵하려고 하다간 큰코다친다.

새로 나온 책을 다 사서 읽을 수도 없고, 새로 만들어지는 정보도 다 습득할 수 없다. 인생에서 취사선택은 나의 능력이며 나의 책임… 이러쿵저러쿵, 이런 저런 이야기를 쏟아놓지만, 사실은 모두 무시해도 좋고 무시당해도 어쩔 수 없는 정보가 흔한 시대다. 내 경험, 내 사연을 그럴 듯하게 포장해 남들에게 강요하는 하는 것은 뻔뻔한 구걸이다. 하지만 좋은 경험이나 지혜가 담긴 선험을 나눈다는 것은 선하다. 무턱대고 부정만 하다간 자신을 새롭게 버릴 수 없게 될 수도 있다.

세상을 요리하려면, 타인의 마음을 조리하려면 잘 벼린 새 칼이 제일 좋다. 케케묵은 정보와 경험을 골동품인 양 다른 사람에게 판다는 것은 폭력이다. 자신의 생각과 경험을 강요하는 것은 참으로 위험한 발상이다.

그래서 책을 읽으며 곧이곧대로 믿는 것은 정말 위험하다. 그 어떤 작가도 자신이 쓴 책의 내용 그대로 사는 경우는 없다. 그리고 작가가 모든 책의 내용을 경험하거나 알고 쓰는 것도 아니다.

한 권의 책을 쓸 때 자신의 경험과 세상에 떠도는 이야기와 좀 먹힐 것 같은 이야기를 수집해 묶은 것이다. 이런 책에서 삶의 답을 찾는다는 것은 어려운 일이다.

자신에게 도움이 되는 책을 읽는다는 것은 복권에 당첨이 되는 것과 같다.

'아침형 인간'이라는 책이 베스트셀러가 되었을 때 대한민국 모든 사람이 아침부터 부산을 떨었다. 하지만 아침에 일찍 일어난 새가 먹이를 많이 잡을 수 있는 것이 아니라 아침에 일찍 일어난 새가 피곤하다. 자신에게 맞지 않은 아침형 인간은 피곤해서 정오쯤부터 꾸벅꾸벅 존다.

'부자 아빠 가난한 아빠'의 저자 로버트 기요사카는 파산 신청을 했고, '성공하는 사람들의 7가지 습관'의 저자 스티븐 코비도 파산 선고를 한 후 사망했다.

책 속에 길은 있다고 하지만 그때는 책이 길보다 적었다. 책 속으로 난 길이 내 길인지 너의 길이지 아무도 모른다. 모든 사람에게 책이 길을 내어주는 것도 아니다.

설령 책 속에서 길을 찾았다고 해도 피땀을 흘려가며 길을 가야 하는 것은 내 몫이다. 임금도, 종교도 나를 위해 존재하지 않으면 혁명을 일으켜야 한다. 잔소리하는 세상은 꺼져….

혼자인 게
뭐가 어때서

싱글이라는 말만 나오면 온 신경이 곤두선다. 무쏘의 뿔처럼 혼자서 가야 하는 게 삶이지 않은가?

"싱글이 뭐, 그렇게 대단한 건가? 혼자 살면 다 싱글이지, 뭐 그렇게 유난스럽담!"

삶의 모습은 사람의 수만큼이나 다양하다. 숱한 사람의 삶 중의 하나가 싱글이기에 호들갑을 떨 일이 아니다.
혼자 사는 게 특별한 이유가 있기보다는 그동안 기회가 없어서 또는 혼자 사는 게 오래 입은 옷처

럼 편해서, 팔자인가보다 하고 넘기면 된다. 싱글
에 대한 편견과 오해는 싱글이 만든 게 아니라 사
회의 시선이 규정한 것이리다. 호기심과 궁금한 시
선이 싱글에게 자주 질문을 던진다.

'왜, 혼자야?'
짱돌처럼 야멸차고, 도드라진 질문을 던지기보다
는 1인분 인생. 아직 혼자라는 것도 삶에 대한 애
착을 버리지 않았다는 사실이다.
오래된 시선으로 혼자 산다는 것은 반푼이처럼 비
정상이다. 이런 것으로부터 싱글은 불균형과 편견
에 포위되기 십상이다. 그래서 세상을 홀로 살아가
기를 택했다는 건 그만큼 용기를 냈다는 것이다.
그래서 짱돌을 들기 전에 용기에 대한 박수를….

오늘을 간신히 버티는 당신만큼 싱글도 외롭고, 고
단하다. 하나보다 둘이 힘을 합쳐도 버거운 세상인
데 혼자라는 사실은 눈물겹다. 눈물의 속내를 들여
다보면 세상의 벽이 너무 높다는 것이다.

단지 벽만 높은 게 아니라 겹겹의 편견에 또 하나의 차별이란 빗장이 가로 놓이는 중⋯.

두텁고, 견고한 벽이라는 보호막 속 기득권은 상대적 박탈감을 안긴다. 그것도 모르고 조언이다, 교훈이다 하면서 잔소리를 하면서 기를 꺾는다.

이런 시선과 잔소리가 더욱 싱글로 내모는⋯. 최고의 실업률, 최악의 취업전쟁, MZ세대의 퇴사, 얼어붙은 내수경제 등 온 나라가 아우성. 너나 할 것없이 모두가 고되다. 기댈 곳 없는 1인분 1인 가구의 삶은 더욱 힘겹다.

물색없는 이들은 부모님 밑으로 들어가라 한다.

일을 하려고만 하면 일자리는 많다고 한다.

참, 아름답고 낭만적인 말이다.

다 큰 자식이 독립을 못하고 구겨진 신용카드처럼 사는 모습을 보는 부모님의 고통. 차라리 화려한 싱글이니, 현실에 적응하지 못하는 외톨이라는 말을 들을지언정 나는 내 삶을 사수한다.. 이게 내가할 수 있는 최선이고, 가능성을 포착하는 기회라는 것을 안다.

이렇게 버티기라도 못하면 도저히 1인분 인생으로
서도 살 용기를 잃을 것 같다는 두려움이 있다. 이
시대에서 싱글로 사는 게 살아내려는 최선의 방법
인지 모르겠다.

싱글로 사는 건 정말 별것 아니지만 유난을 떠는
건 바로 싱글을 바라보는 사회가 아닐까. 싱글에
대한 문제적 시선을 걷어달라는 부탁…. 밖으로 드
리운 시선을 거둬들여 자기 자신에 대한 내적성찰
지능이라도 올리는 게 어떨까?
싱글은 지금도 충분하다.
혼자인 게 뭐가 어때서?

오늘도

　　걷는다

나는 걷는다.

비가 오나 바람이 부나 결코 뛰지 않는다.

한 발 한 발 지구를 꾹꾹 누르며 걷는다.

천천히 걸으면 보인다.

못 보던 것이 보이고, 안 보던 것도 보게 된다.

그래서 나는 걷는다.

봄에 벚꽃 떨어지듯 출퇴근길, 달밤에 체조를 하듯이 산책, 새벽 서설이 장독대에 내리듯이 주말 외출을 하며 운동화를 신고 걷는다.

걷는 즐거움을 알아서 걷는 게 아니다. 걷다보니 즐거워서, 걷다보니 편해서 어느덧 걷는 일이 많아졌다.

느닷없이 걷는다면 익숙해지지 않아 힘들다. 무슨 일이든 버릇처럼 편해지기 위해서는 오르막 내리막을 지나, 비바람도 통과하고, 내리는 눈도 맞아봐야 이골이라는 게 몸에 새겨진다. 누군가 '취미가 뭐예요?' 하고 물으면 '걷는 거요'라고 말할 정도다.

하지만 걷는 게 취미라고 하기에는 어색하다. 장을 보러 가면서 걷는 게 취미, 화장실 가면서 걷는 것이 취미, 누군가에게 혼나러 가는 것도 취미라고 하긴 어렵다.

하지만 내가 취미라고 할 정도의 취미생활은 걸맞은 차림과 의식을 치르듯 준비된 마음가짐이나 신발 등을 챙겨서 걷는 게 취미지 않을까.

내게는 걷는 게 취미가 맞다.

내 취미는 내 취향에 딱….
그래서 걷는다는 행위에 푹 빠졌다.

나는 걸을 때마다 보폭이나, 다리의 교차를 생각하며 걷는다. 또한 늘 새로운 길을 찾아 걸으려고 한다. 내가 살고 있는 동네에서 자주 가는 마트까지 길은 딱 세 개다. 하지만 마트 반대 방향으로 길을 찾아 걸을 때도 있다. 그럴 때면 마음의 시계를 덮어둔다. 제일 좋아하는 노래를 반복 재생해두고 핸드폰도 주머니 깊숙이 넣어버린다.

뭔가 결과를 보려고 걷기 시작한 것은 아니지만 걷는 것에는 확실히 많은 장점이 있다.
부수적으로 따르는 게 건강이다. 돈을 잃는 것은 조금 잃는 것이고, 명예를 잃는 것은 많이 잃는 것이고, 건강을 잃는 것은 다 잃는 것이라고 했다. 그래서 걷고 난 후에 얻은 건강으로 모든 것을 다 갖게 되었다고, '나란 녀석 칭찬해.'
모든 것을 다 얻었다는 착각을 하면서도 걷는 동

안 복잡했던 생각을 좀 내려놓는다거나, 반대로, 아무런 방해도 받지 않고 나만의 깊은 생각에 빠져들 수도 있다는 게 참 좋다.

복잡한 세상에서 가뜩이나 마음 다칠 일이 많은데 걸음마다 생각을 내려놓거나 혹은 감정을 정리하고, 타인에게 또는 내 자신에게 받은 자잘한 상처에 제철 기운을 바른다.

이런 소화행이 정서적 안정과 마음의 건강에도 도움이 되는 것 같다. 그래서 난, 오늘도 걷는다. 새벽바람보다 먼저 걷기 시작해 노을보다 늦게까지 걷는다.

가끔은 한참을 걷다가 보면 어느새 내 마음속을 걷는 경우도 있다. 낯설고, 야릇한 내 마음을 걷는다는 것은 참으로 신기했다.

이럴 때면 나와의 대화를 시도해 본다. 뭐든 맨 처음은 쉽지 않다. 나의 대화도 간단치 않았다. 너무나 낯설고 어색했다.

얼룩과 눈물, 콧물, 친구, 가족, 짝사랑, 첫 키스, 신입사원의 실수 등이 마음에 슬어있어 더 그랬는지 모를 일이다.

마음의 상처가 많으면 많을수록 자신과의 대화는 더 필요하지만 사실 훨씬 어렵다. 마음의 상처 등이 장벽이 되기 때문이다. 맨 처음 고백처럼 쉽지 않은 과정과 시간을 요한다.

거르고 걸러서 끝내 내가 걸러지는 경험을 통해 얻은 결론은 이렇다. 자기와의 대화를 시작할 때는 장난을 치듯이 가볍게 하면 좋지 않을까? 한 걸음 더 나아가려면 작은 소재나 주제를 두고 하는 것도 좋다.

이제는 농담도 하고, 나는 무조건 내 편이라고 대화를 한다.
내 몸과 마음의 건강을 챙기는 것 외에도 범세계적으로 환경을 살리는 일에 동참하는 자긍심도 있고, 경제적인 측면에도 도움이 된다.

걷는다는 건 여러모로 쓸모 있다. 걷기보다는 뛰어
야 한다는 사람들도 있지만 상관없다.
나는 작든 크든 쓸모 있는 일을 좀 하고 살아야지,
생각하며 오늘도 걷는다. 나도 좀 쓸모 있는 사람
이면 좋겠기에….

내리막은 반드시
오르막의 끝에서 시작한다

세상에는 두 종류의 사람이 있다는 생각이 든다.

노예와 주인.

노예는 자신을 어딘가 버리고, 넋이 빠져 타인의
욕망을 쫓아가는 사람이지 않을까. 주인은 쫓아가
는 게 아니라 뭔가가 오기를 기다리는 사람이다.
의도와 노림을 갖고 기다리는 사람이 자기 삶의
주인으로 사는 게 아닐까?

사람은 누구나 주인을 꿈꾼다.

사람은 누구나 자유인을 선망한다.

하지만 그 무엇인가의 주인이 되려면 우선 자신의

주인이 되어야 한다. 자기 자신의 주인이 되려는
이유는 자유인이 되기 위함이라고 생각이 든다. 자
유인이 된다는 것은 자기 자신의 삶을 온전히 지
배할 수 있기 때문이다.

지금 나는 내 삶을 지배하면서 살고 있는가? 딱히
그렇다고 장담하기 어렵다. 그럼, 나는 자유인이
아니다. 나는 내 삶의 주인은 아니다.
그렇지만 나는 내게 정색을 하고 자유인이 뭔지,
주인이 뭔지 헤아려 본다. 그리고 나는 자유인을
지향하고, 내 삶의 주인으로 살려는 의지를 갖고
있다.

자유인과 주인이 되려면 시도 때도 없이 변하는
자신의 욕망을 잡아야 한다. 내 마음에 돈, 명예,
권력, 재벌, 과학자, 우주인 등이 가득 들어있을 수
도 있다. 내 마음의 크기는 우주를 담을 수 있고,
바늘 하나 꽂을 수 없을 때도 있다. 누구나 마음을
찾기란 허공을 잡고 오르는 것처럼 어렵다.

마음을 잡고는 자유인과 주인이 되려고 하지만 쉽지 않다.

내가 나의 마음을 잡기가 어찌 이다지도 힘든 것일까? 내 마음이라고 단정하던 게 다른 사람의 욕망이다. 내 마음이라고 확신하던 게 결핍된 마음이 만든 환상일 수도 있다. 내 마음은 딱히 이거다 저거다 말하기 어려운 게 내 마음이다.

틀림없는 사실은 긍정적일 때는 자기 자신의 마음을 다른 사람의 마음보다 좋게 평가를 하는 경우가 많고, 현실이 부정적일 때는 자기 자신의 마음을 다른 사람보다 나쁘게 생각한다는 것이다.
엄연한 이런 사실에도 불구하고 무를 칼로 썰 듯이 욕망이란 것을 간명하게 설명할 수 없다. 만약 마음을 재단을 할 수 있다면 산다는 게 어렵지 않을 수도 있을 것이다.

마음이라는 날씨는 밝다가 먹구름이고, 잔뜩 비를

품은 구름이다 청명하고, 구름 한 점 없는 청명한 하늘에 날벼락을 치고, 돌개바람, 천둥과 번개가 가득한 게 나의 마음의 기상도다. 마음이란 원래 이렇다.

마음을 알려고 하는 게 터무니없는 것일 수 있다. 그래서 어떤 사람은 마음이라는 범위를 넓게 생각해야 한다고 한다.

마음이란 수시로 변화와 명암이 생기는 것…. 기쁨과 슬픔, 외로움과 두려움 그리고 다양한 감정, 생각의 변화를 수용하려고 하면 종잡을 수 없고, 단적으로 말하기 어려운 게 나의 마음이다.

나의 진짜 모습은 단 한 가지가 아니라 많다는 것에서부터 자유를 찾아야 한다. 어느 한 모습이 나라고 단정하는 것은 지독한 편견이다. 편견과 단견으로는 주인으로서의 삶은 요원하다는 생각이 된다. 내 속에 내가 알 수 없는 내가 숱하게 많다는

마음을 알려고 하는 게

터무니없는 것일 수 있다.

사실….

나의 마음은 지금도 완성되는 과정에 있기에 도전할 수 있다. 나의 마음은 불완전하기에 모험이 필요하다. 이미 결론이, 답이 정해져 있다면 과정은 불필요한 요소다.

알 수 없는 삶의 하루, 우울하다가 마지막에 한번 웃을 수 있다면, 그것만으로도 괜찮은 하루라고, 나의 어깨를 토닥인다. 내리막은 반드시 오르막의 끝에서 시작하기에.

두려움,

　　까짓것

싱글인 친구들끼리 농담 반, 진담 반으로 나누는 이야기….

고독사, 매일 새벽 세 시에 초콜릿 도넛을 30개씩 먹던 엘비스 프레슬리처럼 변기에 앉아 주검이 되었을 때처럼 눈물은 바라지 않고, 119라도 연락을 해 줄 사람이 있기를…. 육신이 구더기 밥이 되어도 발견해줄 사람이 없다면?

시답잖은 이야기는 대개는 껄껄 웃음으로 사그라진다. 웃음으로 끝내는 대화라도 내용이 워낙 무겁기에 마음은 까슬까슬하고 입맛이 없다.

몸살감기와 죽음은 싱글들에겐 공포 그 자체다. 그러나 이러한 소름 돋는 공포와 두려움이 마냥 나쁘다고는 할 수만 없지 않을까.

어떤 사람은 죽음은 두려운 게 아니라 한다. 살아 있는 동안은 죽음을 걱정할 게 없고, 죽었다면 죽음은 더 이상 두려운 게 아니다.

맞는 말이다. 하지만 인간은 죽음의 공포 때문에 종교를 만들었다. 종교가 있다고 해서 죽음을 피할 수 있는 것은 아니다.

인간은 필멸의 존재다. 인간은 인간의 주검을 묻으며 인간이 되었다고도 한다. 결국 공포와 두려움이 인간을 인간답게 했듯이, 나도 필멸의 존재라는 사실로 나를 보다 더 나은 방향으로 나아가게 하는 동기가 된다.

그래서 내일은 없다. 오직 있는 것이라고 지금 이 순간뿐이다. 이 순간을 잃는 것은 모든 것을 잃는 것이라며 의지를 다진다.

죽음은 빳빳한 고개를 조아리게 하고, 강철 같던 허리도 한 번쯤 숙이게 하고, 부러질지언정 굴복하지는 않겠다는 고집을 꺾는다. 고개를 조아리고, 허리를 숙이는 것이 끝내, 나를 지키고 나를 사랑하는 한 방편이란 사실이지 않을까.

알고 보면 두려움이란 방향만 바꾸면 새로운 에너지다. 두려움은 모를 때 나를 구속하여 한계를 만들지만 그 원인과 이유를 알고 나면 또 따른 도전을 위한 활력이다.

공포를 에너지나 활력으로 바꾸려면 자신을 극복하는 사고의 전환과 마음가짐의 변화가 있어야 한다.
두려움을 회피하기만 해서는 결코 그것을 극복할 수 없다. 두려움은 직시를 하면 된다.

불안과 공포, 두려움에 처절한 질문을 던져야 한다. 니체의 망치와 같은 단단한 질문을….

'두려움이여, 너의 정체는 무엇인가?'

'공포여, 너는 어찌 내 마음을 떨게 하는가?'

'공포여, 두려움이여, 너도 필멸의 존재다.'

'두려움이여 오라, 나는 너를 넘고 새로운 내일을
만들겠다.'

내 기분의
주인은 나

내가 세상을 보는 것인지 뇌가 세상을 보는 것인지 헷갈린다.

최근에 뇌 과학자의 책을 보고 깜짝 놀랐다. 지금껏 나는 내가 주체라고 생각하고 까불고 살았다. 그런데 그 모든 게 신경전달물질의 장난이란다. 그 사실이 곧이곧대로 믿고 싶지도, 믿기지도 않지만 안 믿을 수도 없지 않은가.

도대체 뇌 과학자들이 뭘 안단 말인가?
한참을 뇌 과학자들에게 저주를 퍼부었다.
뭔가 찜찜하고 기분이 떨떠름한 게 쉽게 떨쳐내지

못한다. 마치 내가 통제할 수 없는 상황에 놓인 것
처럼….

순간, 내 기분의 주인은 나인데 내가 아니라는 의
구심으로 몸과 마음이 아프다. 다운된 기분이 결국
일상을, 내 몸을 삼킨 꼴이다.
이렇듯 내 기분이 나를 의외로 많이 허문다.
이럴 땐 마음이, 몸이 아프다.

마음과 몸의 고통이 어디쯤인지, 얼마큼인지 알 수
가 없다. 이런 아픔에는 약도 소용이 없다. 상가 구
석에서 간판만 깜빡이는 약국을 멍하니 바라본다.
기분이나 마음도 눈에 보이고 손에 잡히는 것이라
면, 그래서 밀가루 반죽처럼 조물조물, 언제든 내
가 원하는 대로 만질 수 있다면, 마치 알록달록 클
레이점토처럼 내가 원하는 대로 내 기분의 모양을
만들 수 있다면, 내 기분의 주인, 나아가 내 삶의
주인이 내가 될 수 있을 텐데.

그런데 나는 나인가? 나가 아닌가?

나는 내가 의심스럽다.

나는 어디쯤에 있는 것인가?

나는 어디로 가고 있는가?

약국에 들어서 진통제를 하나 사 먹는다. 생리학자
들의 말에 의하면 마음이 아프거나 할 때 진통제
한 알을 먹으면 효과가 있단다.

마음과 몸은 둘인가 하나인가?

다시 두통이 시작되는 것 같다.

마음과 몸이 하나인지 둘인지는 모르지만 나의 기
분은 오직 하나다.

내 기분이 나의 전부다.

내 기분이 내 삶을 통째로 좌우한다.

내 기분을 시간이 다스리기도 하지만 내 스스로
어루만져 줘야 한다. 고양이가 볕 좋은 창가에 앉
아 털을 고르듯이 말이다.

내 기분의 결을 따라 조심스럽게 내 손으로 쓰다
듬으면 기분은 전환된다. 나의 나쁜 기분은 속히
잦아들게 하고, 나의 좋은 기분은 연장하는 방법은
오직 나의 손에 달렸다는 사실이다.

고양이가 그루밍하듯이 감정과 기분을 어루만지
는 시간을 꼭 가져야 한다.

이게 자신과의 대화의 일종….

나는 나를
즐기는 중이다

소확행, 일상의 소소하고 확실한 행복찾기…. 무라
카미 하루키의 상실의 시대에 나오는 것이라고 알
고 있다. 상실의 시대가 대중의 사랑을 받는 만큼
소확행도 덩달아 사람들의 마음에 스며들었다. 그
래서 일본에서 시작된 소확행은 시대적 트렌드를
형성했고, 특히 25~30대 여성들 사이에서 유행한
다고 하는 라이프스타일로 자리잡았다.

그런 게 우리나라에, 그리고 나에게도 씨앗을 내렸
다. 퇴근 후, 헐거운 바지와 편안한 운동화를 신고,
아무런 치장도 없이, 꾸미지 않은 모습으로 편안하

게 나만의 시간을 보낸다거나, 저렴하고 아기자기한 생활소품들을 구입해 즐기고 재미를 갖는다거나, 주말에는 아무 약속도 잡지 않고, 내가 좋아하는 일을 하며 시간을 허비하는 등 일상 속에서 무심히 스쳐지나가는 소소한 만족감을 놓치지 않으려 한다.

아직 다가오지 않은 미래의 어느 때를 위해 지금의 힘듦과 불행한 기분을 참아내며 살고 싶지 않다는 내 생각과 내 행동은 우리 부모 세대들에게는 어쩌면 철없이 보일지도 모르지만 현재 나의 삶에서 누릴 수 있는 확실한 작은 행복에 집중한다는 점에서 현명한 짓이다.
현재를 충실히 보내는 나의 미래가 걱정스럽고 어둡다면 나는 그에 따르는 노고를 성실하게 맞을 것이다.

하지만 지금의 나는 현재를 즐기는 중이다.
비록 작고 하찮아 보이지만 나는 충분히 즐기려고

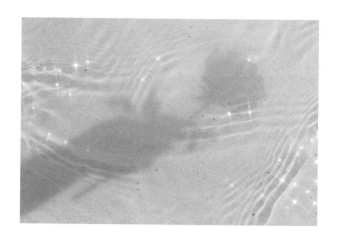

헌재를
나는   즐기는 중이다.

한다.

인생은 오늘만이 아니라 내일도 있다는 중압감에
서 벗어나 오직 오늘을 즐길 뿐이다. 어제의 나보
다, 내일의 나보다 제일 중요한 것은 지금 나니까.

나는 나를 즐기는 중이다.

나를

  찾습니다

소름이 돋는다.

왜, 나는 너가 아니고 나인가?

밑도 끝도 없는 나인가?

차라리 너라면 명확할 텐데.

주변을 두리번거리면 너나 할 것 없이 자신이 누
군지 모르면서도 잘 사는 것처럼 보인다. 하지만
몇몇 사람들은 자신을 찾으려고 한다. 마치 선문답
처럼 들리는 자기 자신을 찾기란 쉽지가 않다. 그
래서 21세기는 자기 실종의 시대라고들 한다.

너도 나도 자기 자신을 찾으려고 애를 쓰지만 결국엔 모두 똑같은 모습을 하고 있다. 넘쳐나는 소셜미디어의 핫스팟에는 사람들이 바글바글하고, 잘 차려입은 인플루언서들을 보면 그들의 물건을 구매해야 만족감과 안도감을 동시에 느낀다.

대세추종이 대세다. 대세를 추종하는 사람들의 마음은 외로움과 두려움이라고 한다. 그래서 더욱 대세추종을 하는 사람들이 많은 것 같다. 그만큼 이 시대를 사는 사람들이 고독하고, 외롭다는 반증이다. 나도 고독하고 불안하다. 그래서 나 역시도 그 틈바구니에 끼여 발버둥치고 있다.

그런데 이런 행위가 나의 삶은 맞을까?
내가 사는 것일까?
둔탁한 것이 뒤통수를 때리는 것 같았다.
아찔한 정신으로 '내가 누구지, 여기가 어딜까?'라는 질문에 봉착하게 되었다.
그래서 나는 나를 발견해야 한다.

이 성급한 판단이 '되레 그나마 알고 있던 나를 잃어버리는 것은 아닐까?' 하는 또 다른 두려움도 만든다.

하지만 그 두려움을 실눈 뜨고 가만히 들여다보면 흙탕물이 맑아져 바닥이 드러나듯이 그림자와 같은 두려움의 실체를 알게 되면 확신으로 바뀐다.

오랜만에 가슴이 설렌다.

한동안 나를 발견하려는 것에 집중을 해도 딱히 정교한 숨은 그림처럼 찾을 수 없었다. 하지만 확실한 것은 텅 빈 껍데기로, 유행과 대세를 추종하는 얼간이로 살 수는 없다.

언제나 내가 나로 사는 게 아니라, 오염되고 세뇌되어 화려하고 반짝이는 것들을 따라 추락하는 부나방처럼 사는 내 모습이…. 그래서 걷던 걸음을 멈추고, 날뛰던 쾌락을 향해 '잠깐만'이라고 외친다. 선 채로 돌이 된 것처럼 한참을 서 있어야 했다. 내가 나를 찾으려면 내가 어떤 사람인지, 내가 세상을 어떻게 보는지, 나의 습성이 뭔지, 내가 무엇을 지향하는 지, 내가 가장 소중하게 생각하는 것은 무엇인지, 나를 둘러싸고 있는 사람과 환경을 알아야 한다. 중1 때 비밀노트를 적는 기분이 든다. 그래도 멈출 수가 없다.

그동안 어떤 감정과 언어들이 만든 내 얼굴의 인상을, 내 눈이 즐기는 색깔과 내 귀를 적신 소리는 어떤 것인지를 알아야 한다.

나는 과연 나를 잘 알 수 있을까?
나라고 이야기할 수 있는 것은 어떤 것일까?
두렵고 떨린다.
언제부터인가 대세를, 불빛을, 남들을 맹목적으로 쫓아다니던 나다. 이런 주소도 없이 행방불명이 된 내 자신에서 나를 발견하기란 쉽지 않다. 내가 알고 있는 나는 나이기보다는 타인이기 십상이다. 그래서 내가 아닌 것을 하나하나 버리고 남으면 그게 바로 나일 것이다.

하지만 무딘 칼을 섣부르게 들이대었다간 피를 볼 것이다. 생살을 베어낸다고 해도 나의 욕망과 타자의 욕망을 떼어내어 줄여야 한다.

그래서 정신과에 상담신청을 한다.
두려움이 생긴다.
상담 시간의 첫 질문은 '기록에 남지 않습니까?'
'기록이 남지요.'
'아니요, 주홍글씨처럼, 전과처럼….'
상담 선생님이 웃는다.

나의 욕망은 타인의 욕망일 뿐이다. 그리하여 나의 육체로 타인의 삶을 사는 삶이란 모두 똑같은 가면을 쓴 파티다. 파티를 끝내야 한다. 환락의 파티는 파티가 아니라 파국이다.

인간은 누구나 한 번은 파국을 맞이해야 할 운명이지만 아직은 때가 아니다. 결국 최악을 피하기 위해 차선을 선택했다.

원래부터 삶이란 최선은 없는 것인지도 모르겠다.
차선의 것들은 이랬다.

첫 번째 나만의 언어를 갖자.
두 번째 나만의 언어로 나만의 이야기를 쓰자.
세 번째 나와 페르소나를 인정하자.

그렇게 살다보면 어디부터 어디까지가 내 삶인지
분간할 수 없는 것을 규명하듯이 내 삶도 구별할
거다..

상담 선생님께서 마지막 말씀을 하셨다.
'여유를 가지세요, 자신이 생각하는 모든 문제의
정상범주를 넓게 잡으세요.'
네.
'자신에 대한 생각의 범주가 너무 좁아요, 좀 더 넓
히세요. 허리띠도 풀고 최소한 숨은 쉬어야죠.'

내가 진짜
　착한 사람은 아니다

　착한 사람 콤플렉스
　아아악, 헐, 학, 으이크!!!!
　옥상으로 올라와 고래고래 소리를 지른다.

　다행이다.
　도심은 생각보다 소음이 깊다.
　그래서 내가 창자를 꺼내듯이 소리를 지르고, 목에
서 선혈이 낭자할 것처럼 발광을 해도 나를 보는
사람은 없다. 설령 있다고 해도 문제될 것은 없다.
　그와 나 사이에 강화유리와 방음 공간인 허공이
놓여있다.

가끔은 인적을 도려낸 것 같은 곳으로 달려가 부글부글 끓어오르는 언어를 토해내고 싶을 때가 한두 번이 아니다. 찍소리도 내지 않고 다소곳하게 듣고 있다 보면, 보자보자 하면 보자기인 줄 알고, 가만히 있으면 가마니인 줄 안다더니, 또 나만 걸고넘어지는 세상이다!

내 안에도 칼 있다.
칼처럼 예리한 언어와 까칠한 논리가 튀어나오기 일보직전이다. 언어와 논리보다 생욕이 꿈틀거린다. 이런 나의 본능을 늘 누른다.
그러다보니 내 감정에 굳은살이 배었다. 얼마나 두껍게 굳은살이 생겼는지 감정이 잘 드러나지 않는다. 아예 감정 따위는 없는 사람처럼 보인다.

그래서 주변 사람들은 나를 뼈 없는 호인이라고 한다. 한없이 착한 사람이다. 아니, 정확하게는 착한 사람인 척하는 나다.
내 생각을 또렷하게 표출하기보다는 남의 눈치를

살폈고, 그러다보니 어느덧 남이 나를 어떻게 볼까 늘 신경이 쓰이고 혹시라도 감정을 자극해 상대방을 거슬리게 한다.

그래서 싫은 소리를 들을까 걱정이 되어서 부탁을 거절하지 못하고, 누군가 내게 상처를 주거나 무례하게 굴어도 꿀 먹은 벙어리처럼 아무 말도 하지 못하는 그런 호구가 바로 나다.
존재감이 전혀 없는 사람이었다.
마치 공기처럼 처신을 한다.

그렇다고 내가 진짜 착한 사람은 아니다.

칼처럼 예리한 언어와

까칠한 논리가

튀어나오기 일보직전이다.

깔보지 마라,
　　다친다

세상을 향해, 타인을 향해 내 속은 늘 활화산처럼 끓어오른다. 하지 못한 말들이 목구멍까지 차올라 소화불량과 두통을 달고 산다. 부탁을 거절하면 나를 싫어할까봐, 혹은 그 사람이 상처를 입을까봐,

정작 중요한 내 자신이 상처입고 내 마음이 썩어가도 모른 척 해왔다. 애써 나는 내 속내를 회피했다. 하지만 거절 잘하는 좋은 사람이란 게 있긴 한 걸까? 어차피 한쪽은 포기해야 할 부분이다. 부드럽지만 단호하게, 거절할 줄 알아야 한다.

누군가 내 마음을 멋대로 휘젓는다면 그냥 덮어두면 안 된다. 너에게도 좋고 나에게도 좋은 것은 없다. 혹여 있다면 둘 다에게 나쁘다.

자기 자신의 가치와 타인의 가치를 물었을 때 아무리 타인이 중요하다고 해도 75% 이상이 자신이 더 중요하다는 결과가 나왔다. 너무도 당연한 것이다. 그리고 자신에 대한 타인의 관심도를 따졌을 때도 같은 비중이 나타났다.

이런 것으로 봐서 타인은 내 자신을 별로 신경 쓰지 않는다. 이것은 실험과 연구를 하지 않아도 너무나 당연한 결과…. 인간이 사바나에서 살던 때부터 지금껏 살아낼 수 있었던 것은 자기중심적인 사고가 있었기 때문이다. 그렇지 않고 이타적인 마음이 더 컸다면 인간은 생존할 수 없었을 것이다. 박애주의자처럼 나약한 생각을 하다가는 이미 표범의 간식이 되었을 것이다.

포기해야 할

어차피 한쪽은   부분이다.

하지만 인간은 지극히 자기보존 본능이 있다. 이 본능이 이기적인 것으로 나타난다.

하지만 인간에겐 대뇌피질이 있다. 본능적인 자아를 대뇌피질의 초자아가 절제시킬 수 있다. 물론 100%는 아니다. 그래서 인간에게는 예의가 있다, 예의든 범절이든 나를 또다시 건들면 내 속에 든 칼을 꺼내야겠다.

칼집에서 칼을 꺼내들면 어쩔 수 없이 칼은 피를 부른다. 피를 부르는 칼을 꺼내기 전에 나도 내 속에 칼이 있다는 것도 좀 보여야겠다. 그래야 상대방이 나를 깔보지 않는다.

함부로 깔보지 마라, 다친다.

오늘도
　애를 쓴다

내가 나를 뚫는 게 가장 힘들다.

그래서 나는 고민 기출문제집이다.

고민 기출문제집에는 온갖 것이 들어있다.

과거, 현재, 미래 할 것 없이 고민을 갖고 있다.

이미 지나간 과거의 고민을 왜 붙들고 있는지 알
수가 없다. 아직 오지 않은 미래의 고민은 왜 만들
어 안고 있는지 이해가 안 간다. 만약 고민을 한다
면 지금 당장의 고민을 갖고 씨름을 해야 할 것이
다.

쓸데없이 많은 고민을 가진 사람 중에 열심히 사는 사람은 없다. 열심히 사는 사람은 지금 당장 발등의 불 때문에 고민할 틈이 없다. 만약 고민이 있더라도 지금 하고 있는 일이 고민이다.

그렇지만 나도 마찬가지다. 뜻대로 안 된다. 사는 게 힘들어, 다들 영끌하며 젖 먹던 힘까지 짜내는 중이다. 고된 인생을 사는 중이다.

고민은 고민을 한다고 해서 풀리는 것도 아니다. 고민을 하지 않는다고 해서 풀리지 않는 것도 아니다. 이런 사실은 나도 너도 잘 안다.

실타래를 풀려면 갓난아이처럼 또는 첫사랑의 손을 처음 잡듯이 조심스럽게 다가서야 한다. 실타래는 거칠고 조급하면 더욱 헝클어질 뿐이다.

고민을 할 때는 고민이 스스로 풀릴 수 있도록 느긋하고 가볍게 해야 한다. 오만상을 짓고 문제에 집중한다고 해결되는 게 아니다. 되레 심각하게 고민을 하면 사고유연성이 떨어져 새로운 모색을 할 수 없게 된다.

많은 고민으로 힘들 때일수록 오히려 기를 쓰며 애쓰지 말고 한 발짝 떨어져 객관적으로 문제를 보면 해결할 개연성이 높다. 그래서 막중한 고민거리를 내려놓고 남의 일처럼 객관적으로 사안을 봐야 한다.
이렇게 이론적으로 잘 알지만 막상 고민이 생기면 나도 고민에서 옴짝달싹 못하고, 냉철한 객관성을 확보할 엄두도 못 낸다.

하지만 성공한 사람들이 하나같이 하는 말이기 때문에 깊게 생각하고 나의 것으로 만들어야 한다. 인생고민 앞에서 잠시 멈추고 '왜 이렇게 아등바등 하고 있는지' 다시 한 번 가던 길을 돌아보는 내가 되었으면 한다. 내가 원하는 것은 포기만 하지 않고 성실하게 하다보면 어느 순간에는 반드시….

이뤄지는 때는 있을 거다. 아둥바둥한다고 더 빨리 오는 것도, 조금 게으름을 피운다고 오지 않는 것도 아니다. 정상에 닿겠다는 목표만 확실하다면, 그 방향으로 옳게 가기만 한다면 빠르든 느리든 결국 나는 그곳에 가 닿는다.

오히려 안달복달하는 사이에 처음에 목표했던 지점을 잃고 방황하는 경우를 더 많이 봐왔다. 그러니 너무 서두르지 말았으면, 좀 더 여유를 가졌으면 좋겠다.

길가에 피는 꽃도 보고, 푸르른 하늘도 한 번씩 올려다보고, 돌멩이에 걸려 넘어지면 그걸 핑계로 잠시 쉬었다가 다시 툭툭 털고 일어나 걷고 그렇게…. 다만, 어느 순간이든 나는 나를 소중히 여기고 사랑하는 마음만큼은 늘 잃지 말아야 한다. 그러면 행복하겠다. 오늘도 애를 쓴다.

내가 나에게 기회를
　　준다는 건 선물이다

식사는 살아있음에 대한 찬사다. 그래서 사람들은
먹는 것에 목숨을 건다.

목숨을 걸어야 이겨낼 수 있는 힘든 하루를 보내
고 나에게 선물을 준다. 양념 반 후라이드 반에 시
원한 캔 맥주 한두 개면 충분하다.

행복이 밤하늘의 별을 따야 오는 것도 아니다. 그
렇지만 먹고 나면 꼭 후회가 질척댄다.

다이어트 해야 되는데….

술 끊기로 했는데….

젠장, 작심을 하고 난 다음날은 꼭 업이 된다. 이게

무슨 조화인지 알 수가 없다. 꼭, 절대자의 장난 같다.

하여튼 나의 의지는 한없이 소박하다. 그래서 늘 내 스스로에게 자괴감을 느끼고 다시 채찍을 벼린다. 이것이 계속 반복되는 게 바로 나의 일상이다.

그렇지만 여기서 멈출 수는 없다. 다이어트 계획을 다시 꼭꼭 눌러 적는다. 컴퓨터로 만들지 않고 도화지에 네임 펜으로 그리고 쓴다. 비록 사흘을 못 넘기고 무너질지라도 다시 한 번 질끈 마음을 다잡고 내게 기회를 준다. 이것이야말로 내게 주는 진짜 선물이다.

다이어트와 같은 소소한 결심부터 기대했던 시험이나 면접에 떨어졌을 때, 혹은 연애가 잘 풀리지 않을 때, 인간관계에서 실망한 날 등등…. 살다보면 '역시, 난 안 돼' 하는 마음으로 포기하고 싶을 때가 많다.

그렇지만 여기서 멈출 수는 없다.

그렇지만 바로 그럴 때, 나의 어깨를 토닥여 주는 것은 나뿐이다. 아니 꼭 나를 위로하고 세우는 것은 나여야 한다.

그래서 주저앉은 그 자리에서 다시 시작하는 것이다. 내가 내 팔에 부축을 해 일어서 걷는 것이다. 내가 내게 기회를 준다는 건 세상 그 누구도 줄 수 없는 가장 소중한 선물이다.

올 한 해는 더욱 내가 나에게 너그러워졌으면 좋겠다. 그리고 더욱 내가 나를 아끼는 내가 되었으면 좋겠다. 나는 내가 소중하니까.
내가 내게 기회를 준다는 건 세상 그 누구도 줄 수 없는 가장 소중한 선물이다.

힘내지 않아도
　　된다

세상을 읽는 일, 사람을 읽는 일, 내일을 보는 일을
하는 나는 다른 사람들보다 더듬이가 더 발달해야
한다.
하지만 나의 더듬이는 다른 사람과 별반 다를 게
없다. 그래서 늘 복잡하고 다단하다.

자발적으로 또는 타율적으로 책을 읽고 글을 쓰다
보니 보니 요즘, 서점에서 뭐가 제일 눈에 띄지?'
하는 물음을 늘 안고 산다.

적어도 일주일에 한 번 이상은 서점에 들락거리며

링에 오를 대상들 중에 어느 것이 센지, 어느 선수가 제일 팬이 많은지 낯짝을 둘러보곤 한다. 뭐, 다들 잘 알고 있겠지만, 코로나로 인해 최근에는 제대로 된 선수가 없는 것 같다. 아니 링의 철망이 너무 촘촘해 선수의 얼굴을 볼 수 없다.

그리고 팬들의 호주머니가….

혹여 본다고 해도 언젠가 봤던 얼굴이고, 아님 외국 용병이다. 그렇더라도 더듬이를 바짝 세우고 보면 셀프 위로의 책이 강세처럼 보인다. 그리고 전문 용병이 아니더라도 누구나 팬덤만 확보할 수 있다면 유명선수가 될 수 있다.

요즘 서점이라는 링에 오르는 선수의 체격을 보면 크지 않다. 하지만 한 번 불이 붙기 시작하면 예전과는 전혀 다른 속도로 파이팅을 한다. 몇 년 전만 해도 열심히 하지 않으면 뒤처져 인마! 하고 채찍질하며 팍팍 떠밀었다면, 요즘은 그냥 있는 그대로의 나로 사는 법에 대한 이야기이다.

부족하면 부족한 대로, 괜찮지 않으면 또 괜찮지 않은 대로, 있는 그대로의 내 모습을 인정하고 보여주기가 주된 서점에 오르는 선수들의 이력이라고 생각된다.

그걸 쓰는 사람들도 그걸 읽는 사람들도 모두가 내 이야기인 줄 알았어! 라고 말한다.

나 역시도 그랬다.

근데 또 한편으로 생각하니, 그 많은 힘내라던 사람들도 사실은 힘나지 않은데 억지로 힘내라고 채찍질을 했던 거였다.

이거 뭔가 묘하게 배신감이 들었다.

행복전도사라고 책과 방송에 나오던 사람은 스스로 훌쩍 세상을 떠나고, 자신의 말만 따르면 성공은 따 놓은 당상이라던 사람은 자신의 프로필을 세탁했다.

이래저래 화려한 불빛 뒤에는 어둠이 도사리고 있었던 것을 사람들은 알고 있다. 그러다보니 그 내용은 소담스럽고 아담해도 진실성과 공감대를 얻을 수 있는 책들이 빛을 낸다.

많은 책 중에서도 내용은 수수하고 소담스럽지만
체험에서 우러나온 작은 이야기가 이리 가장 밝게
빛나는 중이다. 그러니 힘내지 않아도 된다.

내 친구를
소개합니다

싱글에게 있어서 가장 좋은 친구는 그 누구도 아닌 바로 나 자신이다. 그러나 막상 많은 사람들이 스스로 즐겁게 시간을 보내는 방법을 잘 모르는 것 같다.

가장 소중한 친구인 나 자신이 무엇을 원하고 있는지, 내가 가지고 있는 욕망과 꿈이 어떤 것인지… 한번이라도 진지하게 대화를 해야 한다.

하지만 자기와의 대화를 한다는 것이 힘들고 불편하다. 평소에 훈련이 되어있지 않으면 자기와의 대화는 단 몇 초 만에 끝나는 것이 보통이고, 설령 자기와의 대화를 한다고 하더라도 그 내용을 정하기가 어렵고, 내용을 정했다고 대화를 할 수 있는 게 아니다.

자기 자신과의 대화를 하려면 평소에 많은 훈련이 필요하다.
어떤 주제로 할 것인지, 얼마나 할 것인지, 어떤 방식으로 할 것인지, 어디서 할 것인지 등을 구체적으로 정하고 대화하는 습관을 길러야 한다. 그렇지 않으면 불어터진 국수발처럼 끊어지기 십상이다.
결국 자기와의 대화는 거기서 끝이다.

그래서 자기와의 대화를 할 때는 반드시 주제와 시간, 장소, 형식 등을 만들어야 한다.

나는 세상에 단 하나뿐이다.
평생을 사랑하고 존중해야 할 나다.
하지만 내가 나를 사랑하고 존중한다는 것도 쉬운 일은 아니다. 아무리 자기 자신이라고 해도 무턱대고 사랑하면 미친 짓이 된다.

위에서 자기와의 대화에 대해서 이야기를 했듯이 아주 구체적으로 꼭 집어서 사랑을 표현해야 한다. 자기 자신을 존중하는 표현을 할 때도 마찬가지다. 사랑을 받으려면 사랑을 하는 것이 가장 확실한 방법이듯이 자기 자신이 남들에게 사랑받고 존중을 받으려면 자기 스스로가 자신을 존중하고, 사랑해야 한다. 자신에게 사랑받고, 존중받는 자기 자신은 어떤 자리에서, 언제든 다른 사람들에게 존중받는다.

아침마다 자기 자신을 다독여야 한다. 그리고 아침마다 목표를 가져야 한다. 허망한 목표가 아니라 정말 이룰 수 있는 작은 목표를 정해서 틀림없이 실천하는 하루가 되어야 한다. 그리고 일에 대한 목표와 삶에 대한 태도도 한 가지를 정하면 좋다. 예를 들면 '오늘 하루 도움이 필요한 사람을 보면 도울 수 있는 것은 적극적으로 돕자' 또는 '어차피 인사할 사람이라면 내가 먼저 하고, 좀 더 큰 목소리로 인사를 건네자' 등을 정하고 실행하는 하루가 되면 자신을 더욱 사랑하고 존경할 일이 많아진다.

세상에서 가장 위대하고 소중한 나라는 존재를 좀 더 당당하게 세상으로 내놓자. 그러기 위해서 나로부터 발생하는 자신감을 갖자. 누구보다 성실한 1인분 인생의 주체이며, 나 자신의 가장 좋은 친구인 내가 지금보다 더 멋지게 살기 위해 필요한 것들이 무엇인지 리스트를 작성해 보면 좋다.

독립, 노후, 연애, 취미, 가족, 친구, 좋아하는 것, 하고 싶은 것, 잘 할 수 있는 것 등을 하나씩 적고 내가 가장 원하는 것이 무엇인지, 어떤 삶을 살기 위해 노력하고 있는지를 곱씹어 보다보면 스스로에게 더 잘하고 싶다는 의욕이 뿜뿜, 힘이 불끈, 솟아난다.

함께 가자,

　　내 인생의 동반자와

누구보다 빠른 사람은 누구보다 먼저 넘어지고, 다
함께 가는 사람은 성가시고 복잡하지만 어떤 난관
도 넘을 수 있기에 멀리 갈 수 있다. 함께 갈 수는
있지만 고비마다 판단과 결과는 혼자 책임을 지는
게 냉엄한 삶의 법칙이다. 이게 인간에게 주어진
운명이라는 짐이다.

이 운명이라는 것은 단 한 사람도 빠짐없이 짊어
져야　한다. 재벌이든 가난뱅이든, 사회적 지위가
높든 지위가 미천하든, 유명한 셀럽이든 아니든 어
깨에 커다란 짐을 하나씩 지고 있다.

아무리 운명의 가혹한 짐을 짊어지고 갈지언정 서로에게 따뜻한 시선으로 위안의 말을 건넬 수 있는 여유를 찾는다면 운명의 짐은 좀 가볍지 않을까?

내가 다른 사람에게 위안을 준다고 위안이 돌아올 것을 바라면 안 된다. 나의 위안을 받은 사람이 내게 위로의 말을 건넬 때도 있겠지만 인생이란 손톱 밑의 가시 같은 것이어서 자신의 운명의 짐이 가장 무겁게 느껴진다.

때문에 다른 사람의 짐은 볼 수 없는 경우도 있다. 결국 인생은 홀로 서야 한다는 사실이다. 이게 인간의 절대고독이다.

삶의 과정에서 일어나는 수많은 사건은 물론이고, 더 앞서서 삶이라는 거대한 과정을 걸어야 하는 자신을 누구보다 자신이 잘 지낼 수 있도록, 건강하고 즐겁게 살 수 있도록, 돌보고 사랑해야 할 책임이 있다.

자신을 누구보다 자신이 잘 지낼 수 있도록,

건강하고 즐겁게 살 수 있도록,

돌보고 사랑해야 할 책임이 있다.

그런데 나는 외롭다고 느낄 때마다 내게 속한 사람이 아무도 없다는 생각, 내가 아무 곳에도 속할 수 없다는 생각을 한다. 그것은 자신이 자신을 찾지 못했기 때문이다. 늘 시선이 밖으로만 드리워져 있기 때문에 자신을 찾을 수 없다.

일을 하다보면 어쩔 수 없이 세상으로 시선을 보내야 하는 것은 당연하지만 잠시 시선을 돌릴 여유를 갖는 행위가 자신을 찾는 것이라는 사실을 망각해서는 안 된다.

내 인생의 동반자는 바로 나라는 사실….

인생
시트콤

삶의 알파요,
　　오메가인 '나'

혼자 또는 함께하거나, 따뜻하거나 차갑거나 그 모
든 게 나다.

'나는 무엇을 알 수 있나?'
'나는 무엇을 바랄 수 있는가?'
'나는 무엇을 할 수 있는가?'

철학자들이 밤을 지새우며 고심했던 질문이다.
공감이란 이해의 시작이다.
질문의 알맹이는 궁극적으로 '나'라는 생각이 들
었다. '나란 무엇인가?' 질문의 핵심 요체는 나와의

공감으로 추정된다.

수없이 많은 사람들이, 질문에 걸 맞는 답을 찾으려고 애를 썼을 거다. 하지만 시대마다 변주된 질문에 답을 하기보다 또 다른 질문으로 답을 대신하다 보니 길을 잃게 된다.

적확한 답을 제시하기보다는 피상적인 답은 시대와 역사를 관통하는 '나'라는 질문에 대한 궤변만 늘어놓게 된 결과로 오늘날 철학은 천덕꾸러기가 된 게 아닐까?

이런 거친 결론을 도출하게 되는 이유는 요즘 철학은 너무 골치가 아프다. 제대로 된 답을 제시하기보다는 요상하다 못해 괴상한 말장난으로 철학은 답인가 싶은 질문을 하는 것으로 모호한 변명을 일삼기 때문이다.

철학의 본질이 질문을 하는 것이라고 치더라도 철학의 본질보다 더 중요한 것은 철학의 존재 이유는 '나'라는 실체를 제대로 파악해 내가 나로 사는 데 필요한 기준 또는 힌트를 줘야 한다.

사람들의 간절한 질문에는 회피를 하고, 난삽한 변명으로 철학의 과제를 피해가는 꼴은 사납기까지 하다. 철학자들이 지탄의 대상이 되어야 하는 이유는 단 하나로 수렴되는 것 같다.

바로 나는 누구인가?

이 질문에 대한 끝없이 연구를 하고 답을 찾으려는 철학의 역사가 덧없다는 것이다. 더군다나 철학의 역사는 동어반복의 역사라는 생각이 든다. 순환오류에 빠진, 앵무새와 같은 말만 하는 것처럼….

철학의 알파요, 오메가인 '나'라는 테제를 어디선가 잃은 것처럼 생각이 든다. 철학자들만의 문제가 아니라는 사실은 안다. 많은 사람들이 자신이라는 함정에 빠지는 이유는 자신을 방치해 놓았기 때문이라는 사실도 안다.

시급하게 규정해야할 자기 자신에 대한 것을 하찮게 생각했기 때문에 자기 자신이라는 함정에 빠지는 것이라는 생각이 든다. 그래서 자기 자신이라는 함정에 빠져 헤어 나오지 못하고 허송세월을 보내는 사람도 있다.

삶의 가치를 잃지 않으려면 그 무엇보다 우선 나에 대한 나의 규정이 필요하다. 이 절실한 문제를 하찮게 생각하거나 방치하지 말고 꼼꼼하게 천착해야 한다. 그래서 자기 자신을 애정 어린 시선으로 지켜보고, 쓰다듬고, 토닥여야 한다.

오늘도 나는 무엇인가라는 삶의 고민에서 탈출을 하려면 나는 나에게 한 발짝 더 가까워져야 한다. 덧없는 방황을 끝내고 나는 나에게 정착해야 한다. 그래야 에둘러 돌아가는 게 아니라 나는 나에게 곧바로 가는 삶을 살아야 한다.

싱글라이프의
낭만

'사랑이 무슨 밥 먹여 주는 것도 아니고!'
이 앙칼진 소리는 결혼한 사람들 간의 흔히 하고 듣는 말이다. 누구라도 가끔 듣게 되는 말이라 익숙하고 편한 느낌이 든다. 결혼한 사람들의 현실처럼 1인분 인생에겐 낭만이라는 말을 들으면 '뭔 쓸데없는 소리냐?'고 투덜거리기 십상이다.
시샘이다, 부러움은 지는 거다. 그래서 부러움을 감추려고 되레 우격다짐을 한다.

때론 혼자라서 좋을 때도 있다지만 설움과 짜증이 혼재된 1인분 인생의 현실. 1인분 인생들도 한때

하얀 드레스, 백마 탄 왕자 등을 머리에 떠올리며 미소를….

그런데 삶이 나를 속였다.

삶에게 제대로 뒤통수를 맞았다. 단 하루라도 이를 악물지 않으면 살 수 없는 현실에서 낭만은 무슨….

'그게 뭔 미친 소리냐'고 하고 싶지만 아직 자포자기는 금물…. 바람처럼 옷 틈으로 잦아드는 일상의 느낌, 작은 기대감, 잠시 스쳐 지나가는 빨간 풍선 같은 시간과 공간.

소박하지만 고급스럽게 차린 저녁 식탁, 고풍스럽게 빠져드는 달달한 낮잠, 한없는 구속 없는 자유, 내 사람이라 부를 수 있는 미지의 그…. 때론 혼자라서 삶의 무게를 절감하는 순간도 있지만 이 현실을 즐겁게 푸는 중이다.

비에 젖은 자는 물이 두렵지 않듯이 익숙한 외로

움은 쓸쓸하지 않다. 굳은살 같은 1인분 인생이 결혼한 사람들의 눈에는 화려한 낭만이다. 그래서 오늘부터 결혼한 사람들의 눈으로 나를 보려고 한다.

내겐 1인분 인생이 낭만이다.
규범을 따라 살기보다는 규칙을 깨다가 내가 깨질지언정…. 인생은 해몽이지 않은가. 누가 해몽을 더 잘하느냐가 행복한 삶을 결정한다.

바람처럼 옷 틈으로 잦아드는 일상의 느낌,

작은 기대감,

잠시 스쳐 지나가는 빨간 풍선 같은 시간과 공간.

나는

철들고 싶지 않다

나는 철들고 싶지 않다.

아무것도 모르는 것처럼 살다가 이 세상에서 발을
슬쩍 빼고 싶다. 하지만 이런 상상으로 인해 철이
없다는 소리를 가끔 듣는다.

'철들려면 멀었어, 어른답지 못해'라는 말을 들을
때마다 과연 어른이란 무엇인가 생각하게 된다.

최근에 알았지만 철이라는 것은 자신의 나이를 아
는 것, 그래서 자신의 나이에 맞게 행동하고 책임
을 지는 것, 다름을 인정하고 나와 다른 그 누구와
도 어울려 사는 거란다.

세월만 가면 저절로… 간단할 것 같지만 쉽지 않은 게 어른 되기라는 생각이 든다.

어른은 자라는 게 아니라 만들어지는 게 아닐까? 철이 없다는 것은 나이와 책임, 행동과 의무의 불일치라는 생각이 든다. 나와 다름은 끝내 용납하지 않는 고집이 철없음….

한해, 한해 나이가 들고 있지만 내가 하는 행동이 내 나이에 맞는 것인지 알 수가 없다. 철이 든 진짜 어른을 붙들고 묻고 싶다. 나는 나이에 맞는 행동을 하고 있는지? 나는 나의 행동에 걸맞은 책임을 지고 있는지? 철딱서니가 없다는 소리를 듣다보니 철이 없다는 것이 당연한 것인 줄 알았다. 그래서 철든 어른이 어떤 것인지 제대로 숙고를 하지 않았다.

고슴도치들은 일정한 거리를 유지한다고 한다. 그래야 서로에게 상처를 주지 않기 때문이다. 철이 없다는 것은 일정한 거리를 두지 않고 막 들이대

어 른 은 자 라 는 게 아 니 라 만 들 어 지 는 게 아 닐 까 ?

는 것이라는 생각이 든다.

다른 사람의 비명을 애써 외면하고 들이댄다. 그러다, 내 주변에 사람이 없음을 알았다. 왜, 그들은 나를 떠났을까? 자꾸만 상처에 손이 가듯 스스로에게 묻고 또 묻는다. 그 질문이 더 많은 질문을 만든다.

혼란스럽다, 이제는 감당이 안 된다.

철없다고 사는 게 아닌 것은 아니다.

내 스스로 잘 할 수 있다는 최면을 건다.

어른의 지혜,
　　고슴도치처럼

알 수 없다, 삶이라는 것이….

이런 혼란은 다른 사람의 일이 아니라 바로 나의
것이다. 복잡한 현실이 골치를 썩인다면 내가 살아
있다는 반증이려니 한다.

아버지와 어머니가 그리고 인생의 선배들이 하는
삶을 골치 아프게 살지 말고 '철 좀 들어라'고 하는
말씀은 위태롭게 하루하루 사느니 안정적인 삶을
만들어야 한다는 격려의 말이지 않을까. 철이 없어
망나니처럼 아무짝에도 소용이 없다면 잔소리도
하지 않는다.

그나마 이런 결론을 갖게 되는 것을 안도의 숨을 쉬며, 나는 내 삶에 좀 더 책임감을 가져보기로 한다. 다짐이 나를 나에게 또는 나를 아는 사람들에게 내가 내 몫의 삶을 살겠다는 의지를 보이는 것이다.

어떤 삶을 위해, 어떤 태도를 갖고. 어떻게 접근하느냐가 의지의 중요성이지 않을까. 나는 너무나도 쉽게 목적과 태도, 결심 등을 잊고 지냈다.

세월이 흘러 나이를 먹기만 한다고 어른이 되는 것은 아니다. 머리가 굵어지면서 더불어 성품과 인성도 커져야 한다. 성품과 인성이란 결국 삶의 목적과 태도, 결심 등이 만들어내는 무늬가 아닐까? 성품과 인성이라는 무늬가 풍성해지고, 나와 다른 사람을 있는 그대로 수용할 줄도 알고, 내 마음에 들지 않아도 품을 수 있어야 한다.
사람들을 내게 맞게 바꾸기만 하려다 분란을 만들지 말고….

어른은 애매한 상황이나 시간을 견디고 이해할 수 있어야 한다.

사람이나 동물은 애매한 시간을 견디기 어려워한다. 어정쩡한 상황은 불빛이 꺼진 상태라 불안하다. 그래서 어른이 되려는 사람들은 고슴도치들이 일정한 거리를 지키며 사는 법을 배워야 한다. 그렇지 않으면 미성숙하고 불완전한 존재라 서로에게 상처를 만든다.

어리석은 사람은 더불어 함께할 사람이 없다. 길지 않은 인생을 잘 살려면 나와 너의 공존이 필요하다. 서로가 필요한 세상에서 공감 능력이 떨어지고 책임감도 부족하다면 땡이다. 땡 치지 않고 버티려면 좋든 싫든 어른의 지혜를 배워야 한다.

나는 나로 하여금 다른 사람들이 아프게 하고 싶지는 않다. 나는 나이에 걸맞은 나의 몫을 다 하고 싶다.

나는 내 삶에 좀 더 <u>책임감을</u> 가져보기로 한다.

정말로

　　궁금해서 그래

봄의 새싹이 느닷없이 나오듯이 물음표가 만들어
졌다.

창문에 물방울이 맺혔다가 사라지는 경우처럼 하
루에도 수없이 맺혔다 사라지는 게 물음표지만 이
번 물음은 마음에 물집이 잡힌 것처럼 특별하게
관심을 가지고 살폈다.

사회생활이란 사람과 사람의 관계다. 관계를 어떻
게 맺느냐에 따라 사회생활의 성패를 좌우한다. 관
계 맺기를 잘하려면 표정부터 언어, 태도까지 세심

하게 신경을 써야 한다.

사람이 사람에게 갖는 인상은 언어적인 것보다 비언어적인 게 더 큰 작용을 한다.

우선 얼굴의 표정이다.

어떤 만남이든 맨 처음은 늘 불안하고 떨리기 마련이다. 이럴 때 첫 인상이 만남의 결과를 결정하며, 두 번째 관계에도 큰 영향을 끼친다. 그래서 언제 어디서나 첫 만남이 있을 때는 긍정적인 생각을 무장하고, 좋은 결과가 있을 거라 강력한 예상을 장착해야 한다. 그래야 굳은 인상이 되지 않아 상대방에게 안정감과 편안함을 보일 수 있다. 이런 과정을 통해 세 번째, 네 번째 미팅에서도 뜻밖의 결과를 만들 수 있다.

수많은 관계 중에도 아무리 애를 써도 편치 않은 사람은 있기 마련이다. 또 사회생활을 하려면 불가피한 사람도 만나야 한다.

나와 비슷한 성향과 가치관의 사람을 만나면 다행

이겠지만 그렇지 않은 경우가 많다. 상대방의 태도가 내 감정을 거슬리면 상대를 향해 성격이 모가 졌다고 생각한다.

이런 성급한 판단으로 인해 상대방은 졸지에 무례한 사람으로 낙인을 찍게 된다. 말로 표현할 수는 없지만 무의식적으로 상대방의 거슬리는 태도나 몸짓에 대한 거부반응을 일으킨다.

이런 상황일 때는 나의 감정은 고스란히 상대방에게 전달되기 마련이다. 나와 상대방은 누가 먼저라고 할 것 없이 수틀리면 자리를 박차고 일어설 것이다. 상대의 특성과 개성이 내게 거슬릴 때, 상대방은 자신이 다른 사람을 불편하게 할 거라 생각하기보다 상대방에게 책임을 떠넘기기 십상이다. 되레 내가 너무 민감하다고 타박을 할 것이다.

그래서 사회생활을 하려면 오래 입어 헐거워진 옷처럼 품이 넉넉해야 한다. 사회생활의 품이 내 인

격의 넓이는 아니어도 공존을 하려면 반드시 갖춰
야 할 조건이다.

매사에 따지고 분석하는 성격은 누구나 기피한다.
기피대상이 되면 스트레스가 가중되어 화병이 될
수도 있다. 스트레스가 화병이 되어도 먹고 사는
게 걸린 이상 꾹 참아야 하는 현실….

이런 연유로 우리나라 호프집이나 포장마차가 잘
되는 것 같다. 퇴근 시간대에 거리마다 불이 켜진
다. 집어등에 몰려드는 오징어처럼 까맣게 탄 애간
장으로 선술집은 불야성을 만든다.

폭음, 고함, 욕지거리, 가래침을 뱉듯이 스트레스
를 쏟아낸다. 쐬주 한 잔으로 간단하게 눌어붙은
스트레스를 제거할 수 없다. 선술집을 가득 매운
냄새와 난잡한 소리에 또 하루가 저문다.

사회생활은 서로를 물고, 물리며, 뜯고, 씹으며 유
지하는 것이라고 한다. 복닥거려야 유지되는 것이
사회가 아닐까?

어른은 자라는 게 아니라

만들어지는 게 아닐까?

괜스레 배려, 이해, 양보를 하고 싶은 하루도 있긴 있지만 물렁하게 사회생활을 하다간…. 사회생활 은 서로에 가해를 하며 또 피해를 보며 옥신각신 하면서 유지되는 것이다. 그렇지 않고 악다구니가 무성한 곳에서 살아남기란 요원하다.

내가 살기 위해 양보를 하고, 네가 살려면 이해를 하는 사회라면…. 몽상이나 망상은 빨리 잊어야 한다.

현실과 꿈의
시소놀이

일상은 시소놀이다. 감정의 시소놀이로 오늘 하루를 채운다.

일상과 현실에서 빨간 풍선에 매달려 줄행랑을 칠 때가 있다. 푸른 하늘 어느 곳에 숨겨진 내 꿈을 좇는 중이다. 이럴 때면 멀미가 나 현실과 꿈 사이가 가물거린다. 순간 내 몸은 기우뚱거린다. 이런 상황을 나는 인생의 시소놀이라고 부른다.

현실과 몽상을 왕래 하는 나는 삶의 시소놀이에서 내리고 싶지 않다.

하지만 허망한 망상은 현실의 장벽 끝 쇠꼬챙이에 터져 추락하기 마련이다. 엄혹한 현실의 벽돌 틈에서 자라는 잡초가 아닌 허허로운 들판에서 하늘로 높이 자라는 푸른 대나무가 되려면 뭔가는 해야 한다.

그냥 우물쭈물 하다가는 그렇고 그런 끝이다.

혁명가 체 게바라는 불가능한 꿈을 꾸는 리얼리스트가 되라고 했다. 그는 현실과 이상을 한 손아귀에 잡은 사람이다.

그는 말한다. 현실과 이상이라는 양쪽 땅에 발을 딛고 뿌리를 내리라고 말이다. 현실의 나는 체 게바라가 아닌 나다.

양손에 떡을 들고 먹지도 못한다면 '쥐뿔도 없는 게 욕심만 많다'고 할 거다.

다른 사람들이 시선이 두렵다. 타자의 욕망이 부럽고, 다른 사람들의 멋진 인생에 상대적인 나는 쪼그라든다.

그냥 우물쭈물 하다가는

그렇고 그런 끝은 올 것이다.

세속에 순응하는 법을 터득한 나는 포기가 너무 빠르다. 나는 나로 살기보다는 다른 사람의 욕망과 타자의 권력에 길들여 있다.

철저히 21세기형 노예로 살다가 끝을 보지 않을까 하는 공포가 몰려온다. 두려움으로 인해 어림없는 상상을 하다가도 알 수 없는 불안에 오금이 저린다.

나의 무의식을 지배한 그는 누구인가?

나는 도대체 누구의 삶을 살고 있는 것일까?

바람보다 먼저 눕는 잡초처럼 길을 나서서 걷는다.

내가 처음부터 나약한 사람은 아니었던 것 같다.

엄마 아빠의 품에서는 주인공이었다.

주인공이 되려고 꿈을 꿨다.

그래서 사회로 나온 것인 나는….

한참을 걸은 끝에, 교토삼굴이 떠올랐다. 지혜로운 토끼는 늘 세 개의 굴을 판다.

내가 먼저일까,
일이 먼저일까

가벼운 옷차림으로 집을 나서 걷는다.

사람은 늘 두 갈래 길에서 서성이는 존재다. 어느 길을 택할지는 장고보다 직관적인 판단을 하는 경우가 많다.

나와 일에 대해 하루도 서너 번씩 직관적 판단과 이성적 판단을 할 때가 있다. 숱하게 고민을 했지만 간단하게 결론을 내릴 수 없다. 감정적으로 결정할 것이냐 딱 한 번만 더 참을 것인가.

'내가 먼저일까, 일이 먼저일까?'

건물 옥상에서 먼 하늘을 보며 막상 뱉은 말이 영

화 속의 대사 같다. 어디서 들어본 것 같은 말…고
개를 갸우뚱거리게 된다.

물불을 가리지 못할 때는 일거리 하나를 던져주면
어금니가 얼얼할 때까지 서너 가지의 일을 물고
뜯어야 보람이 생긴 적도 있었다. 건조한 날씨는
사랑의 불씨에도 산불이 난다고, 가득 찬 잔처럼
언제든 쏟아질 의욕…. 어디선가 무엇인가 원하는
것만 있다면 무조건적 충성을 바쳤다. 마치 군인처
럼 언제나 요구하고 또 요구해도 모든 것을 다 해
내는 로보캅….

어떠한 불합리한 일이나 대우에도 단지 내게 일을
주었다는 이유 하나만으로 무조건 '예스'라고 대답
할 준비가 되어있는 그런 사람….

하지만 세월에 사랑의 맹서는 깨지기 마련이고,
뜨겁던 열정은 식게 마련이다. 차츰 사회의 논리
를 알게 되고, 일의 요령이 익숙하게 된 후부터였
을 것이다. 작은 불만이 쌓여 분란이 생기고, 분란

이 점점 자라 틈이 되었다. 그 틈에는 바람도 살고, 번개와 천둥도 움트고 있다. 틈을 통과하는 바람을 잡아야 한다는 심정으로 초심을 부르짖기도 했다.

아무리 주인의식과 초심을 이야기해도 세상은 끔쩍 않고 그대로다. 어느새 자동적으로 움직이는 기계가 되어있다. 나 하나쯤 사라져도 고장 난 부속품처럼 갈아 끼우면 된다. 사회라는 수많은 사람 중 나 하나를 언젠가 교체할 뿐이다.

이제야 겨우, 황망한 상황을 겪지 않으려고 선배들이 워라밸을 외쳐댔던 것을 깨달았다. 나는 너무 당황스럽다. 이런 상황을 겪지 않으려면 일과 나의 삶의 균형점을 찾아야 한다. 그런데 지금껏 나는 지나치게 한쪽으로 기울어져 있었다.

이제라도 쓰러진 내 삶을 바로 세워야 한다. 그러려면 나의 모든 습관을 깨뜨려 없애야 한다. 제2의 천성을 깬다는 것은 살을 에는 고통을 감내해야 한다. 그 첫 번째 고통은 상투적인 말과 시쳇말을 바꿔야 한다. 자신의 언어와 말을 바꾸려면 자신을 관찰할 수 있어야 한다. 자신을 관찰하려면 객관적인 시선을 확보해야 가능한 일이다. 6개월이라는 기한을 정해서, 사용하지 말아야 할 언어와 말을 수정한다.

이런 과정 끝에 두 번째는 의식과 생각의 전환이다. 차라리 보이는 것을 바꾸라면 태산을 옮기는 게 쉬울 것이다. 의식과 생각은 참으로 고치기가 어렵다. 우선 고치려면 관찰을 해야 하고, 관찰을 하려면 객관화를 해야 하는데 이게 어렵다.

습관과 천성은 습자지처럼 한몸이며, 습관이 나고, 천성이 나다. 습관과 천성을 나로부터 이격을 시켜야 관찰이 가능하다. 산책을 하면서, 동네를 걸으면서 지속적으로 나에게 관심을 갖고 관찰을 했다. 조금씩 마음의 문을 열고, 정체를 드러내는 나…. 어디서부터 어디까지 내 삶의 균형점인지 정하면 된다.

그럼에도 우리,
가슴 뛰는 삶을

누구나 한 번쯤은 이런 고민을 해본 적이 있을 것
이다. 나도 별 수 없이 이 고민을 품고 며칠을 넋
나간 사람처럼 길을 걷고 또 걸은 적도 있다.

'Carpe Diem!'
'Seize the day!'

꿈을 잡기 위해 현재를 희생할 것인가, 아니면 현
재를 즐길 것인가?
무엇이 맞을까?
많은 이들이 '아프니까 청춘이다'라고 하며 참으라

고 한다. 참기만 하면, 두렵고 불안한 미래의 미명은 틀까. 생각만 해도 가슴이 뛰는, 나를 설레게 하는 첫 사랑 같은 꿈을 갖고 있다면…. 내 심장을 요동치게 하는 진주를 비밀스레 품고 있다면….

비록 지금 당장은 아니더라도 언젠가는 완성된 희망을 누린다는 상상은 지나친 걸까? 오늘 하루도 힘들지만 기꺼이 참고 살아가게 하는 것이 가슴 펄떡이는 것 때문은 아닐까?

어떤 사람은 무모하게 자신만의 삶을 찾아 나서고, 어떤 사람은 그저 가슴에 묻어두는 것만으로도 좋다고 한다. 나는 무모한 도전과 인내의 끝은 달다는 생각 중에 무엇이 맞는지 판단하기 어렵다. 곧바로 고민에 대한 해답을 요구할 수도 있겠지만, 시간에 묻어두고 기다릴 필요도 있다. 자신만의 길을 개척하는 삶이 아닌 누구나 가는 길을 선택한 사람이라면…. 이런 고민은 청춘들의 전유물만은 아니다.

사회생활을 하는 사람에게도, 서산마루 노을을 닮은 사람에게도 해당되는 고민이다. 이런 고민이 뿌리를 내린 곳은 나와 현실 어디쯤일 것이다. 언제나 현실의 벽은 나를 제압하려고 견고하고 높이 존재한다. 아무리 위압적으로 나를 노려보는 현실이라도 펄떡이는 심장을 갖고 있는 나는 그냥 두고 볼 수만 없다. 어떤 선택을 하든지 후회할 수도 있고 스스로 대견하다고 토닥여 줄 수도 있다.

하지만 나는 한 번쯤은 자신을 믿고 날개를 펼쳐도 좋지 않을까. 현실이라는 벽에 부딪친 그 결과로 처참하게 곤두박질친다 해도…. 곤두박질치는 쪽팔림보다, 넘어진 상처의 쓰라림보다 내 꿈은 가치가 있고 소중하다.

하지만 꿈이 소중하고 가치가 있을수록 현실을 직시해야 한다. 그래야 나의 이상은 현실이라는 디딤돌을 딛고 하늘을 날 수 있다.

나는 오늘의 자리를 무모하게 버리라는 무책임한 조언은 하고 싶지 않다. 지금의 자리가 때론 나를

구속하기도 하지만 하늘을 나는 연은 반드시 연줄
이라는 제약이 있기 때문에 더 높은 하늘로 날 수
있다는 사실을 알아야 한다.

나의 꿈과 희망을 위해서 현실을 깨뜨리라고 하는
말은 매우 위태롭다. 나는 현실이라는 껍질을 깨고
나와야 더 높은 곳을 날 수 있는 새다. 하지만 내 스
스로 날 수 있는 날개를 만들지도 않은 상태에서
무턱대고 껍질을 향해 망치를 든다는 것은 허망하
다. 정확한 현실인식과 자기에 대한 성찰 그리고 비
판적 창조가 있어야 때를 만들 수 있다. 때를 알고
하는 행동은 후회보다 행복을 가져다준다.

현실에 안주하는 것도 행복 때문이고, 이상을 좇는
것도 행복 때문이다. 나는 행복하기 위해 태어났으
니 나의 현실과 이상은 나의 행복을 위한 조건일
뿐이다. 조건이 주가 될 수는 없지 않는가? 내 가
슴이 죽어있지 않도록, 가슴 뛰는 그런 삶을 만들
고 준비하면 그 뿐. 나에게는 그럴 자격과 능력이
충분하다. 나는 나를 믿는다.

일이 있기에
　더 행복해

산다는 것이 호락호락 하지 않다. 내가 내 마음을
도통 모르겠다. 내가 나와 직면을 한다는 것이 돌
직구로 맞는 것 같다.

머릿속이 뒤죽박죽이고 아프다. 이런 날은 훌쩍 일
상을 벗어나고 싶다. 그래서 점심부터 걷는다. 무
작정 걷다가 지쳐서 주저앉는 그곳이 멈추는 곳이
라고 생각하고 걷는다.

아무리 지랄발광을 해도 정말이지 더럽게 안 풀리
는 날은 있다. 아니, 솔직히 말하건대 그런 날이 삼

일에 하루 꼴은 된다. 그런 날은 어쩌다가 재능도 없는 내가 이런 것을 선택해서 갖은 고생을 하며 이렇게 살고 있나 하는 자괴감에 몸부림을 치게 된다.

지금이라도 확 때려치우고 다른 것을 알아볼까? 싶은 마음이 굴뚝같다. 멋진 삶을 살고 싶다는 욕망과 달리 간신히 지구에 매달려 사는 주제에 대체 무슨 부귀영화의 미련이 있어 이 고생을 할까? 마음속 충동질은 '내일부터 다른 길을 알아보는 거야!'라는 결정을 내리게 한다.

하지만 호기롭게 마음을 먹었던 것도 새로운 길에도 새로운 고민과 두려움이 있을 것이다. 그래서 얼마 가지 않아 다시 제자리에서 '끙끙'거리며 노력하는 나를 발견한다. 누구나 부러워하는 곳이 아닌 누구나 할 수 있는 것을 한다는 것은 살얼음을 걷는 심정이다.

살 떨리는 삶에는 이골이 없는 것 같다. 그렇지만 이제는 미우나 고우나 나를 지탱하는 가장 큰 힘은 나를 믿어주는 나 자신이다. 도망가고 싶다가도 나라도 내가 하는 것에 대한 가치를 알아주면 힘이 된다.

내게 있어 일용한 노력은 단순히 생계를 책임지는 것 그 이상의 의미이자 원동력이다.

벅찬 노력을 하지만 노력은 나를 지킨다.
가슴을 펴고 떠오르는 태양을 깊게 들이킨다.

마음속 충동질은

'내일부터 다른 길을 알아보는 거야!'라는

결정을 내리게 한다.

나의 관계 스타일

상상력이 마법을 일으킨다.

사람들은 자신의 처지에 따라 다양한 상상을 한다.

외로울 때는 사람을 만나는 상상을….

즐거울 때는 하늘을 나는 피터팬처럼….

객기가 쩌는 사람은 돈키호테가 되어 조랑말을 타고 기고만장….

많은 사람을 맞는 일에 종사하는 사람은 사람에 지친다. 이런 사람은 호젓한 곳에 산림욕이라도 하는 상상을 하게 된다. 어떤 상상력을 발휘하느냐는 어떤 처지와 어떤 환경에 놓였는지를 반증하는 것이다.

상상력을 자극하는 다양한 환경이 있겠지만 사람과 사람의 관계가 만드는 상상이란….
관계가 건강하고 좋다면 삶은 행복감이 풍성할 것이다. 하지만 상황이 심각하다면 그냥 덮어두고 갈수 없다.

처음에는 소소해 보이던 관계가 돌이킬 수 없는 상황까지 될 수도 있다. 이런 상황을 만들지 않으려면 관계에 대한 탄력성을 가져야 한다.

오직 단 한 사람만이라는 집착은 너무 위태롭다. 나 혼자만이라면 불안감과 권태감, 고독감으로 치유할 수 없는 상태가 될 수도 있다. 나 혼자만의 문제가 아닌 일대일 관계의 문제로도 나타날 수 있다. 나와 너만이라는 집착과 구속이 폭력을 만들수 있다.

관계라는 것은 열려 있어야 하고 다양하고 다채로워야 한다. 오픈된 다양한 소통과 관계에서 만들어지는 특수한 관계는 아름답고 사랑스럽다.

하지만 닫혀있는 병적인 관계는 빠르게 결단의 시간을 가져야 한다. 자신의 의지로 또는 다른 사람의 도움으로 끊어야 할 때 제대로 단절하지 못하는 관계는 관계가 아니라 폭력으로 변질돼 크나큰 일을 초래할 수 있다.

건강하지 않고 비정상적인 관계로 지친 사람들이 찾는 것이 워라밸, 욜로, 소확행 등등….
처음에 이런 단어를 접했을 때 고개를 갸우뚱거렸다. 지친 자신을 위로하고 리프레쉬를 하려는 것쯤으로 알았는데 그 속내를 보니 관계가 문제다.

요즘은 아주 다양한 관계로 인해 다채로운 라이프스타일을 추구한다. 그러나 막상 설문조사를 해보면 자신의 라이프스타일에 만족한다는 대답은 절반에도 못미치는 40%에 불과하다.

겉으로 보기에 하나같이 화려하고 한없이 밝은 것
처럼 보이는 사람들이 많은데…. 그 결과를 상세하
게 살펴보면 관계의 문제, 시간적인 여유, 경제적
인 여유 또는 마음의 여유가 없다는 것 중에서 관
계의 문제가 가장 큰 부분을 차지하고 있다는 사
실이다.

설문에 응답한 응답자의 82%가 지금껏 사는 삶보
다 새롭고 다채로운 라이프스타일을 원하고 있는
것으로 나타났다. 이는 건강하고 정상적인 관계를
맺지 못하고 있다는 말이다.
다양한 관계를 원한다는 표현은 사람에게 사람이
답이며, 사람에게 관계가 만사라는 말이다.

그리고 그중 83%는 내가 즐겁고 행복하기 위해서
는 새로운 라이프스타일을 만들기 위해 기꺼이 시
간과 돈을 투자할 것이라 대답했다.
이런 대답도 지금의 나의 관계가 아닌 다른 관계
를 갖고 싶다, 다른 사람들과의 관계를 갖고 싶다

는 심정을 표출한 것이다.

이런 설문지의 결론은 점점 많은 사람들이 행복을 바라보는 관점이, 삶의 중요한 가치가 관계라는 사실을 인식하는 중이라는 사실이다.

떠난다는 전제는 언제나 돌아올 집이 있어야 가능한 것이다. 혼자 즐기는 취미활동도 관계가 정상적이라는 전제로 가능한 것이다. 소중한 사람과의 여행은 물론 좋은 관계가 담보되어야 신나고 즐거운 여행이 될 수 있다.

친구들과 함께 보내는 시간은 좋은 관계 자체를 즐기는 것으로 생각할 수 있다. 일상에서의 즐거움과 행복은 관계에서 시작해 관계로 끝난다. 관계의 가치는 보석과 같다.

영원히 변하지 않은 보석처럼 인생에서 단 한 명의 친구를 얻을 수 있다면 성공한 인생이라고 하

지 않던가. 오늘을 후회 없이 살려면 정상적인 관
계, 내일도 즐겁게 살려면 좋은 관계다.

일상의 허전함이
생길 때

오늘도 '5분만 더'라는 것이 사달을 만들었다.

아침밥도 못 먹고, 고양이 세수를 한다.

허둥지둥 나갈 준비를 하려는데,

"어라?"

옷장에 넣을 때에도 멀쩡했던 단추 하나가 대롱대
롱거린다.

"에이, 늦었는데…오늘 하루 정도는 괜찮겠지?"

이런 사소한 일에서 혼자라는 것, 나를 도와줄 이
가 없다는 사실에 당황할 때가 있다.

엄마와 함께 살았더라면 있을 수 없는 일이다. 단

추가 대롱거리기는커녕 아침마다 주름마저 곱게 펴진 옷을 입었을 것이다. 미처 내가 준비해야 겨를도 없이 정갈하게 마련되던 일상이다.

떨어진 치약, 머리를 다 적시고 나서야 깨닫는 다 써버린 샴푸, 바르르 깜빡깜빡거리다 꺼지는 전등 등…. 귀찮게 느껴지지만 무시하고 넘어갈 수 없는 일상이다.

이것을 메꾸는 방법은 의외로 어렵지 않다. 그저 바로바로, 꼼꼼하게 하면 된다. 하지만 나는 천성이 워낙에 게을러 미루고 미루는 스타일이라 이런 사태를 종종 겪는다.

매번 아침마다 같은 의식을 치르지만 단 한 번도 바뀐 적이 없다. 이번만큼은 반드시 바꾸겠다는 다짐을 하지만 뻔하다.

대인관계든 집안일이든 바로바로 하면 큰일이 아

니다. 하지만 잠깐, 하루 정도 미뤄도 괜찮겠지 하는 습관이 늘 큰일을 자초한다.

인간이 망각의 동물이라는 것이 정신건강에 많은 도움은 되지만 실생활에서는 일을 키운다. 이런 사실을 절실히 느끼면 고쳐야 한다.

이제 지금의 내 자신을 버리자.
이쯤에서 미루는 내 자신을 버리고 새로운 나를 만들자.

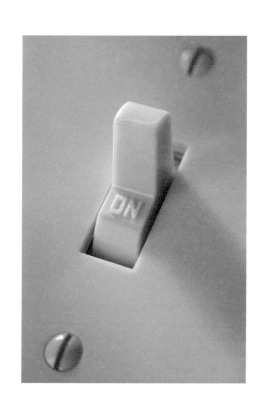

그저 바로바로,

꼼꼼하게 하면 된다.

오늘도 고요한 고독을 찾아
내 안으로

시끄럽다.
너무 번쩍거린다.
숨 돌릴 수 없이 쾌속적인 나라다.

우리나라가 '빨리빨리'의 나라, 속도로는 세상에서
둘째가라면 서러울 것이라는 건 전 세계인들이 알
고 인정한다. 오늘의 대한민국도 그야말로 변화무
쌍한, 빨라도 너무 빠른 속도로 휙휙 지나가 버려
서 속이 미식거릴 지경이다. 자고 일어나면 다른
세상, 롤러코스터를 탄 듯, 요지경 안경을 쓴 듯 어
지럽고 숨이 찬다.

헉, 헉, 헉… 나만 이런 건 아니겠지?

시끄러운 세상, 소란스럽게 부산함 속에서 온전히 고요한 시간을 갖고 싶을 때가 있다. 나에게만 집 중하는 시간을 가질 필요를 느낀다. 한참을 앉아서 내 마음을 다독이는 데에 안간힘을 쓴다.

일상의 크고 작은 충격들로 흔들리고 상처받은 마음을 안아주고 제대로 표현하지 못한 내 묵은 감정들을 일으켜 세우고, 다독이고 분류하며 청소한다. 만약 내 몸의 신호를 무시하고, 혹은 알아차리지 못하고 지나간다면 난 분명 더 크게 아플 것이고, 더 크게 흔들리게 될 것을 경험으로 배웠다..

누구에게나 조용히 고독하게 있을 시간이 필요하다. 복잡하고 시끄러운 세상이 잠잠해지고 비로소 내가 진정한 나를 만날 수 있는 시간…. 오늘도 고요한 고독을 찾아 내 안으로 스윽 미끄러져 들어가 본다. 극세사 이불처럼 나는 나를 감싼다.

SNS 우울증

누가 봐도 사소한데 예민하게 구는 게 자기 자신의 약점이다. 그래서 손이 자꾸 간다.

오랫동안 냉장고 속에 잠복하고 있던 사과를 발견했다. 아삭아삭한 식감은 덜 하지만 달았다.

고양이처럼 기지개를 켜고 소파에 몸을 던진다. 휴일 오후, 스마트폰을 손에 꼭 쥐고 뒹굴거리며 그들이 사는 세상 속을 들여다본다.

이국적인 해변의 풍경과 근사한 호텔에서 즐기는 주말, 비싸 보이는 레스토랑의 먹음직스럽고 예쁜

음식 사진들 속에서 헤매다가 문득, 현타가 온다. 참, 그나저나 이번 달 전기요금은 또 얼마나 나왔지…? 나는 오늘도 방구석에서 이렇게 뒹굴거리며 스마트폰이나 뒤적이는데 나만 빼고 다들 잘 먹고 잘 살아간다.

"불공평하다."

단전에서부터 끌어올린 외침이 절로 터져 나온다. 근사한 여행은 고사하고 어쩌다 집 밖에서 한 끼 사먹는 외식조차 사치스럽게 느껴질 때가 있다. 이게 실제 나의 삶인데 SNS 세상 속의 사람들은 어쩌면 다 그렇게 하나같이 멋지게 차려입고 여유로운 삶을 즐기는지 부럽다.

사실 부러운 데에서 그친다면 그나마 나을 텐데 타인의 화려한 삶과 나의 모습을 비교하고 저울질하면서부터 우울감이 찾아든다. 하지만 내 능력이나 나의 삶이 남보다 부족하거나 남보다 못하다고

헛것들이 결코 따라올 수 없는 순간이

있을 것으로 확신한다며 나를 안는다.

느낄 때에도 움츠러들어선 안 된다. 이럴 때일수록
더욱 뻔뻔하게 고개를 들어야 한다. 헛것들은 결코
따라올 수 없는 순간이 있다고 확신하며 나를 안
는다.

허세로 찌들고, 거짓으로 화려한 것들이라고 비난
을 하고나면 속이 시원하다. 나에겐 부족한 것을
채우는 기쁨과 보람을 느낄 기회를 갖겠다고 다짐
한다. 나는 충분히 할 수 있는 능력이 있다고….
이렇게 정신승리를 하는 것이다.
그럼, 우울하고 구질구질한 생각들이 꺼진다.

남들과 비교하며 우울해하거나 질투심에 사로잡
혀 있기보단 훨씬 내 삶을 아름답고 풍요롭게 만
들 스스로를 상상해 본다.

왜, 나만

　맨날 이래

나의 진짜 문제는 내가 나를 자꾸 감춘다는 것이다.

조앤 롤링은 생활비도 없고, 아이를 유치원에 보낼 형편이 안 되었기에 동네 놀이터를 기웃거리며 아이와 놀았다. 그렇게 아이와 놀이터를 점령하고 놀다가 '해리포터'를 써야겠다는 아이디어가 떠올랐다고 한다. 놀이터에서 기획하고, 놀이터에서 글을 쓴 작품이 '해리포터'다.

조앤 롤링은 '해리포터'를 쓰기 전과 후가 너무도 다르다. '해리포터'를 쓰기 전인 조앤 롤링이든 누

구든, 이 세상에 태어난 이상 어느 곳에서 무엇을
하며 어떻게 살고 있든 각자 삶의 짐을 잔뜩 지고
살아간다. 나만이 세상의 모든 고민과 걱정을 짊어
진 것 같지만, 내 주변의 사람들도 결국 크게 다르
지 않음을….

겉으로 보기에 아무 걱정 없어 보이는 사람도 크
든 작든, 적어도 한 가지 이상의 고민과 생각에 밤
의 늪에 빠져본 경험이 분명하다. 이런 사실을 안
다면 '왜, 나만 맨날 이래'라며 부조리한 인생을 한
탄하던 것은 조금씩 나아진다.

행복은 그냥 공평하게 주어지는 어떤 것이 아니
라 각자의 마음의 자세에 달린 것이다. 그러니 내
게 주어지지 않은 것, 내게 아직 충만하지 않은 잔
을 보면 개탄스럽다고 하기 전에 일부라도 있음
을 직시할 필요가 있다. 그래야 지랄병이 도지지
않는다.

"실패의 상상력이

마법을 일으킬 수 있다."

지금부터라도 내 삶에 주어진 것들에서 감사와 행복을 발견하는 태도를 만들어보면 그것도 나쁘지 않을 것 같다. "실패의 상상력이 마법을 일으킬 수 있다."라는 조앤 롤링의 말처럼 말이다.

무엇인가 원하는 것이 있다면 당장 일어나 실천해야 한다. 행동하는 것만이 모든 문제를 해결하는 가장 확실한 방법이다.

인생은
시트콤이 아니다

'인생은 멀리서 보면 희극이지만 가까이에서 보면 비극이다'

나의 하루하루는 시트콤 같다. 시트콤이 모이고 모여서 내 인생은 한편의 대하드라마라고…. 인생, 대하드라마를 찍는 현장에서도 나의 손톱 밑 가시가 제일 아픈 법이다. 그래서 나의 삶의 문제가 가장 뜨겁고 무겁다.

나의 시트콤을 찍는 현장이나, 나의 대하드라마를 찍는 현장에서나 다양한 비중과 무게로 나와의 관계를 맺었던 일과 사람들은 서로 얼굴을 붉힌다.

어떤 때는 거대담론으로 전략의 충돌이 생기고, 어떤 때는 아주 작고 사소한 전술로 버거운 하루가 될 수도 있다. 이런 것들로 나의 하루하루의 삶은 어느 면에서 시트콤이고, 어느 면에서는 대하드라마다.

나뿐만 아니라 누구라도 일방적으로 시트콤만 찍는 삶은 없다. 실없이 늘 웃는 사람도 내면에 들어다보면 유장한 대하드라마만 들어있는 경우가 있다. 반면 늘 죽을상을 하고 있는 사람도 그 삶의 곳곳에 개나리꽃처럼 또는 진달래꽃처럼 웃음이 반발하고 있을 수 있다.

삶은 기쁨과 슬픔이 어우러진 한 편의 극이다.
삶이 항상 유쾌한 모험만으로, 즐거움만으로 채워진 놀이동산 같다면 더할 나위 없이 좋겠지만 현실은 환상이 아니다.

어느 유명한 기상학자는 늘 날씨가 좋다면 곧 지

구는 사막이 될 것이라도 했다. 지구가 사막이 되지 않고 늘 푸르른 숲을 유지하고 있다는 것은 구름 낀 날도 있고, 비를 뿌리는 날도 있고, 화창한 날도 있기 때문이다.

나의 슬픔이여 안녕, 나의 기쁨이여 안녕.
나의 모든 슬픔과 나의 모든 고통이 내 삶의 시트콤을 엉글게 한다. 내가 나의 시트콤 속에서 고민을 하고 있다면, 내가 나의 대하드라마에서 너털웃음을 짓고 있다면 제대로 만들어지는 중이다.

나는 번민을 밟으며 걷는다. 흔들리며 걷고 있다는 것은 살아있다.

나의 슬픔이여 안녕,

나의 기쁨이여 안녕.

나는
나와
결혼했다

나는

나와 결혼했다

'나는 이상한 사람과 결혼했다.'
영화 제목이다.

결혼은 해도 후회, 안 해도 후회. 이 시대를 사는
사람들은 고민이 상당한 것 같다. 지나친 경쟁과
사회에 만연된 불공정하고 불평등으로 인한 것으
로 추정된다.

그러지 않아도 골치 아픈 세상, 불안한 미래로 인
해 결혼 적령기를 넘긴 사람들이 많다. 그들의 사
연을 들어보면 골머리를 앓으며 결혼하느니 차라

리 혼자 즐기고 먹을 것 먹으며 행복으로 배 터지고 싶어 한다.

구질구질한 더블보다는 허세로 가득한 것일지언정 화려한 싱글을 추구하는 시대다. 이 현상의 이면에 양극화, 돈이 가장 큰 이유를 차지한다. 돈이라 하면 상스럽고, 천박한 것이라고 생각하는 사람도 있다.

21세기 자본주의, 까놓고 보면 돈이 만능이지 않은가? 집 문제, 결혼, 양극화 등이 돈으로 인해 발생한다.

그런데 우리나라에서는 돈을 앞세우면 천박하다는 의식을 갖고 있다. 그러면서 돈에 환장한 기성세대도 있는 것 같다.

하여튼 집부터 결혼 그리고 육아까지 3중고, 4중고를 겪어야 하는 현실적인 이유가 돈인데 표리부

동한 의식의 허울이 하루아침에 생긴 게 아니다. 하지만 이제는 자신의 본 모습을 감추는 껍질을 벗어야 할 때다. 양극화와 불공정이라는 문제가 팽배해 사회적 문제로 대두되고 있다. 그런데도 불구하고 아이들이 적게 태어난다고 아우성이다.

젊은 세대의 고민을 귀담아 들으려고 하지 않는 기성세대는 무책임하다. 자신의 것은 단 일도 내놓지 않으려는 기성세대로 인해 양극화는 점점 심화되고 있다. 그래서 젊은이들은 꿈꿀 수 없고, 살 수가 없는데 일단 결혼이라니.

결혼은 필수가 아니라 선택이라며 '나는 나와 결혼했다'며 선언하는 1인분 인생의 청춘들이 있다. 발칙하고 도발적인 이야기다.

'자기 자신과 자기 자신이 결혼을 했다'는 것은 사랑이라는 미명하의 결혼으로 자존심을 구기느니, 자신의 존재에 주름이 지지 않도록 혼자 벌어, 혼자 잘 먹고 잘 살자는 사고에서 연유한 것 같다.

이런 현상이 내 주변이나 우리나라에 국한되는 이
야기는 아니다. 전 세계적으로 전통적인 관념인
'여성은 결혼해 집안일을 돌봐야 한다'라는 상식은
파괴되고, 남성과 남성만 경쟁을 하던 남성은 상대
적으로 상실감을 갖게 되는 것으로 추정된다.

남성이 갖게 되는 상실감을 여성이 심은 것은 아
닌데 젠더 문제로 확산하며 또 하나의 사회문제로
자리를 잡는 것 같아 안타깝다. 사무직은 물론이고
지금껏 남성의 전유물이었던 육체노동을 요하는
직업에서도 여성들의 진출이 점차 확대되고, 여성
도 성차별을 극복하려는 시점에서 또 하나의 경쟁
상대인 여성들로 인해, 자발적 싱글을 주창하는 사
람들은 점점 늘어나고 있다.

혼자라도 잘 살겠다는 1인분 인생을 결정한 것도
하나의 삶이다. 내가 나와 결혼을 하는 현상을 인

혼자 살겠다는 결정도

하나의 삶이라는 사실이다.

정하더라도 남성에게 여성은 적이 아니다. 또한 여성에게도 마찬가지다. 둘이 하나가 되어 공존을 하려면 서로의 말을 청취하고, 상대의 처지를 귀담고, 결과는 함께 나누어 공유하며, 남녀의 경계를 허물어 공평하고 자유로운 세상을 만들어야 한다.

이런 세상에서는 나와 내가 결혼을 하는 사람도 존중받고, 결혼이, 육아가 두려운 게 아니라 더 큰 희망을 만들어가는 게 상식이 되어야 한다..
이런 상식이 지극히 독창적이며 결국 개인적인 주체성의 발현이지 않을까.

일상이 특별해지면
　　나도 그렇다

하루하루가 판에 박은 듯이 똑같다. 오늘이 어제
같고, 어제가 오늘 같다.
내일도 특별할 것 없이 뻔한 상투적인 하루…. 지
루하고 권태로운 삶에 불을 지르고 싶다. 에리히
프롬은 '지옥은 권태로울 것이다'라고 했다.

나는 지옥에 산다.
지옥에선 그 누구도 '이래라, 저래라' 하는 사람이
없다고 한다. 사방을 둘러봐도 똑같은 모양에 똑같
은 색깔일 뿐이다. 모든 게 내 눈에 익고, 내 생활
의 때가 꼈다.

키에르케고르는 '지옥이란 자신이 저지른 죄를 보며 고통을 받는 것'이라고 했다. 이런 게 나의 일상이다. 그래서 의도나, 계획도 없이 이것저것 지를 때가 있다. 지름신이 발광을 한 다음날은 잔소리를 하는 나와 내 잔소리에 귀찮다고 주억거리는 나를 발견한다.

'쓸데없이 그런 건 왜 사는 거야, 집도 좁은데!'
'나를 위해 이 정도도 못 사? 이게 집을 차지하면 얼마나 차지한다고.'

오늘도 나는 나에게 잔소리를 하며 바가지를 긁는다. 나에게 하는 나의 잔소리에 항변 내지 변명을 늘어놓는다.

내 취향의 아기자기한 장식품 몇 가지를 사 모은 것뿐이고, 나는 일상의 지루함을 탈출하려고 내 취향을 살려보려고 물건을 산다, 아니 샀다. 그림이나 액자를 벽에 걸어두는 일, 나를 위한 꽃 한 송이라도 꽃병에 꽂아두는 일 따위가 좋다.

문제는 벽에 걸 액자가 지금 있는 것과 비슷하다는 것, 귀차니즘으로 생화가 아닌 조화를 꽂아두고 먼지가 눌러 붙어도 모른다는 것….
하여튼 나는 내가 보기에 좋은 것을 사야 한다. 그게 비록 조만간 버려지는 경우가 있더라도….

집에서 보내는 많은 시간은 쳇바퀴 돌 듯 비슷하다. 자극을 주는 것도 한두 번이지 자극을 주는 방법 또한 비슷하다. 어느새 내성이 생겼는지 웬만한 자극에는 반응이 없다.

그러다, '오늘은 어제 죽은 사람들이 절실하게 원하던 날'이라는 생각이 들었다.
몸을 일으켜 앉았다.
'이건 아니다. 이건 집이 아니라 무덤이다.'
'내일이 나의 마지막 날이라면….'
어떤 칼은 목숨을 거두는 칼이다.

어떤 칼은 목숨을 살리는 칼이다.

오늘 하루는 나를 죽이는 날인가?

오늘 하루는 나를 살리는 날인가?

지루한 오늘은 내가 어떤 선택을 하고, 어떤 행동을 하느냐에 따라 특별한 날이 된다.

일상은 이미 특별하다.

오늘은 특별한 날, 특별한 하루로 만드는 마법은 바로 나다. 나는 마법사다. 지루할 것 같은 나날을 그 누군가 꿈꾸는 날로 만들 수 있기에….

일상이 특별해지면 나도 특별해진다. 특별하다는 것은 별것도 아니다. 그저 내가 나에게 선물하면 된다.

묵묵히 흐르는 시간보다
　　때론 느리게

한참만이다.

간만에 가벼운 옷차림으로 집을 나섰다.

특정한 계획이나 목적은 없어도 좋다.

오늘은 나의 한계까지 걷는다.

근자감으로 시작된 한계의 끝은 늘 현타와 허기다.

속도는 너무 빠르지도 너무 느리지도 않게….

핸폰을 무음으로 해 놓는 센스는 잊지 않는다.

골목을 돌아, 모퉁이를 돌아 횡단보도를 건넜다.

바람처럼 지하도를 통과하고, 육교를 넘었다.

다시 횡단보도다.

강아지를 안고 있는 사람, 손을 잡고 키스를 하려
는 듯한 연인, 모자를 눌러 쓴 아저씨, 초점을 잃은
아가씨 등이 나와 마주하고 서 있다. 횡단보도 신
호등 불이 빨강에서 파랑으로 바뀌었다. 내 의지와
상관없이 주변의 풍경과 상황과 인물들이 나타났
다 물러난다.

의식이 생기려는 순간 모두 박살난다. 내가 뛰는
속도에 주변 사물은 산산이 부서진다.

걸음을 멈춘다. 숨은 거칠다. 미세먼지에 가려진
풍경이 정체를 드러내며 나무 하나하나가 보인다.
들판이 아닌 풀이 내 눈으로 들어온다. 꽃도 덩달
아 내 눈을 통해 쏟아져 들어온다. 노란 개나리, 하
얀 벚꽃, 빨간 베고니아, 분홍 봉선화, 토끼풀, 질경
이, 쑥, 버즘나무, 은행나무, 느티나무 이름 등이 비
눗방울처럼 머리에서 부풀었다 터진다.

한참 만에 만난 친구를 거리에서 우연히 만난 것

처럼 반갑다.

'도대체 쟤들은 어디를 갔다가 온 걸까?'

계절의 변화나 시간의 흐름도 느끼지 못하고 사는 경우가 많다. 얼마동안 넋을 잃고 살다보면 주변 환경이 사뭇 달라져 있다. 내가 그대로 있다고 환경이나 사람들도 그대로인 것은 아니다.

나는 나대로 바뀐다.

세상은 세상대로 변한다.

뻔한 결론으로 내달린다.

지금 내가 할 수 있는 것은 다시 걸음을 옮기는 것이다.

담담하게 흐르는 강물보다 때론 빠르게, 묵묵하게 흐르는 시간보다 때론 느리게, 잊을 것은 잊고, 잃은 것도 잃으며 걷는다.

호들갑을 떨 필요도 없다.

유난스럽게 굴 필요도 없다.

그저 한 발 한 발 내딛는 것이다.

그러다 지치면 몸을 돌리면 그뿐.

내 삶의 속도로, 내 페이스를 유지하며 돌아오면
된다. 낯선 곳으로 여행은 지금껏 없던 새로운 눈
을 갖는 것이다.
고은의 시 중에서 '그 꽃'이라는 시가 떠오른다.

내려갈 때 보았네
올라갈 때 보지 못한
그 꽃

지금 이대로도 괜찮아,
　　근데 나무를 심어야 하잖아

아프리카 속담에 '나무를 심기 가장 좋은 시기는
20년 전이고, 그 다음 나무를 심기 좋은 시기는 바
로 지금이다'라고 한다. 20년 전도, 20년 후도 아
닌 바로 오늘의 나는 나무 한 그루 없는 허허벌판
이다. 20년 전에 심은 묘목은 더 이상 자라지 않고,
오늘은 나무보다 코앞의 현실로 인해 나무 하나
생각할 겨를이 없지만 노을은 아름답다.

미래는 별도 없는 밤이다.
오늘은 짙게 무너지는 날이다.
오늘은 하루가 유난히 길고 더 힘든 날이다.

육하원칙으로 손에 잡히는 이유는 없다. 그동안 내 안에 쌓았던 공든 탑이 무너지는 소리가 들리는 그런 날….

'내가 왜 이러지.'
어지럽다, 하늘에는 여전히 나의 과거가 탄다.
작은 가로등이 깜빡이는 전봇대를 간신히 잡는다.
'내가 어디로 가고 있지?'
좀체 가늠이 안 된다.
'나는 어디쯤 서 있는 걸까?'
사지가 떨린다.
잠시 더 주저앉기로 한다.
전봇대에 기대어, 다른 사람이 눈치를 채지 못하게, 최대한 자연스럽게….

너무나 당연한 것을 향해 질문을 던지는 사람은 위대하다고 하다.
나의 질문들은 위대한 것인가?
수많은 질문이 머릿속에서 뱅뱅 원을 그리며 돈다.

작은 가로등이 깜빡이는 전봇대를 간신히 잡는다.

'내가 어디로 가고 있지?'

'다들 나처럼 살잖아.'

나는 흔들리다, 다시 내 길을 찾아갈 것을 안다. 지금 나는 내게 투정을 부리는 것이다.

'괜찮다, 괜찮아.'

옷에 묻은 먼지를 털며 조심스럽게 몸을 일으킨다. 뭐 힘들면 잠깐 더 멈췄다 가도 된다. 내 삶은 온전히 내 것이다. 내 삶은 내가 책임을 지면 된다.

열정은 나의 힘,
    열병도 나의 힘

'그때 이렇게 했으면 어땠을까?'

역사는 가정이 없지 않은가.

하지만 인간의 상상력은 세상을 가볍게 뒤집어엎는다. 호주머니를 뒤집어 까듯이 간단하게 일어났을 것이다. 다행이다, 아무것도 없는 나는 아무래도 좋았다. 그러던 어느 순간 우연히 만들어 놓은 것으로부터 간덩이가 배 밖으로 나오는 어느 한 때였던 것 같다.

보이는 것이 없다.

다 가지면 행복할 것 같았다.

그런데 붓다도 깨닫고 난 후의 고민은 있듯…. 세상은 내가 알아가는 만큼, 내가 보는 만큼 더 크고 더 넓어져갔다.

꿈이 커지고 이상이 높아질수록 내 능력은 더 줄어든다. 내가 작아지면 질수록 빌어먹을 내 욕망은 더 커진다. 꿈에 대한 열망이 커질수록 마치 이루기 힘든 짝사랑에 빠진 사람처럼 열뜬다.

이것은 열정일까?
아님 열병일까?
스스로 만족할 줄 아는 게 천국이라고 한다.
천국은 결코 특정한 명사가 아니라 일반 동사적인 것이다. 그래서 이미 천국은 내게 가깝지 않은가.
나는 나로 산다.
나는 지금 이 순간을 산다.

길을 만드는
　　방법

누가 길은 만드는 것이라고 했던가.

살아있기에 걷다보면 생기는 게 길이지 않은가.

사람은 두 종류가 있다.

길을 발견하는 사람, 길을 걷는 사람….

나는 어떤 사람일까?

나는 남들이 만들어 놓은 길을 걷는 사람은 아니
고 싶다.

나는 길 없는 길을 걷는 사람이고 싶다.

누구도 가지 않은 길,

그 날것의 길,

길이 없는 낯선 곳을 간다는 것은 힘들고 외롭겠
지만 그 길을 가고 싶다.

힘들고 어려운 게 삶의 맛이라고 하지 않던가. 누
구나 흔히 성공한 이들을 부러워하며 그들이 이미
만들어 놓은 길을 따라가고 싶어 한다.
나도 마찬가지였다. 편안하게 한없이 게으름을 피
웠다. 그러다 먼저 떠나버린 사람들의 발자국 고인
물에 비친 구름과 태양을 봤다.

삶의 길은 단 한 사람만 겨우 걸을 수 있는 품을 내
준다는 사실을 알았다. 갖은 애를 쓴 한 사람이 지
나고 나면 길은 자신의 모습을 잡초로, 밤하늘 별
로 숨긴다. 조금 전에 비록 그 길을 지나간 사람이
앞장서더라도 이미 지나왔던 길은 아니다.

길은 지나갈 사람이 다 지나고 나면 자신의 모습
을 수수께끼로 만든다. 살아있음은 수수께끼에 도
전을 하는 것이다. 넉넉하게 자기 자신을 두둔을

해야 두려움 속으로 던져진 자신은 수수께끼에 맞설 수 있다.

대부분의 사람들이 수수께끼라는 삶의 괴물 앞에 주저앉아 '이 길이 맞을까, 저 길로 가야 할까' 하고민을 할 때 누구보다 먼저 몸을 일으켜 길을 만들며 넘어지고, 툴툴 털고 일어나서 다시 길을 걷는 사람은 살아있음을 아는 사람이다. 살아있는 사람은 길을 따라 걷는 것이 아닌 자신만의 길을 지금 순간 연장한다. 그 길의 끝이 자신의 내면을 파고 들더라도 갈 데까지 가보는 사람이다.

때문에 나는 철저히 내편이 되기로 했다. 프로스트가 쓴 시 '가지 않은 길'처럼 한숨 쉴지언정.

나는 남들이 만들어 놓은 길을 걷는 사람은

아니고 싶다.

너, 흐드러지는

　　벚꽃길을 걸을까

사회생활은 관계 짓기라고 생각이 든다.

관계를 만들고 유지하려는 게 사회생활의 대부분

이 아닐까? 혈연으로, 학연으로, 지연으로 형성되

는 관계망은 배타적이다. 그래서 어떤 모임은 구역

질이 난다. 어떤 모임은 정형화되어 있고, 어떤 모

임은 형해화되어 있다.

하지만 모임도 결국은 사람이다.

사람과 사람이 만들어가는 일이란 뜻밖의 우연히

만드는 필연도 숨겨져 있다. 뜻밖의 장소에서 뜻밖

의 인물과의 조우란 어떤 결론이 도출될지 모른다.

엉뚱한 곳에서 뚱딴지가 같은 사람에게 눈인사를 건넨다. 어색하지 않으려고 애를 쓰며 입가에 미소를 머금고 답례를 한다.

운명의 신의 심한 장난처럼 아무 준비도 없는 가운데 결정적인 인생 만남…. 인연이 될지 신의 주선인 숙명이 될지는 모르지만 마다하지 않는 나와 그의 조우….

최근에 나는 개인적인 인연보다, 사무적인 관계가 더 편하다는 생각을 많이 했다. 사무적인 관계는 일정한 매뉴얼이 있기 때문이다. 이골이 난 폼에 맞는 행동과 말을 하면 예측 가능한 일 외에는 별 탈은 일어나지 않는다.

반면 사적 인연을 맺기란 매뉴얼이나 폼이 없이 상황에 따라 감정에 따라 결정되기 일쑤다. 그래서 '인연 맺기'는 나에게 가시방석에 앉은 것 같이 좀이 쑤시고 불편했다.

운명의 신의 심한 장난처럼

아무 준비도 없는 가운데 결정적인 인생 만남….

지나친 경계는 언어가 경직되고, 부자유스러운 표정이나 몸짓은 새로운 만남의 끈을 끊어버린다.

어떤 만남에서 인생의 마지막 퍼즐을 맞추게 될지 모른다. 확실한 것은 경직되고, 경계하는 표정과 언어는 관계와 인연의 윤활성을 떨어뜨린다는 것이다. 이런 것으로 관계와 인연은 발전적이기보다 단절되기 십상이다.

나와 너, 그리고 우리로 발전하기 위해서는 내가 원하는 만남만 고집할 게 아니라 뜻밖의 인연과 관계를 형성하는 것에도 가끔 참석을 해야 한다. 흔하디흔한 관계라도 알 수 없는 인생의 묘수를 감추고 있을 수 있다.

장담하지 마라, 인생은 간단치 않다.
오늘, 나는 그와 여의도 밤거리를 걷는다.
흐드러지게 핀 벚꽃이 흩날린다.

혼자이지만
　　혼자가 아닌

인도의 힌두교에서는 인드라망이란 것으로 세상
이 이루어져 있다고 한다. 인드라망은 사람과 사람
이 그물망처럼 관계를 짓고 있다는 말이다.

교차되어 매듭지어진 하나가 한 인연으로 그 인연
을 부처로 보는 사람도 있다. 너와 내가 만나 인드
라망의 그물 마디 하나를 만든다. 너와 내가 만든
하나의 그물망 매듭 하나는 하나의 부처가 될 수
도 있다.

이런 인드라망을 형성하는 사람이 한 명이라면

괜찮겠지만 만약 일란성 쌍둥이라면 어찌되는 것
일까?
다행스럽게도 일란성 쌍둥이, 이란성 쌍둥이라도
완벽하게 같을 수는 없다. 그래서 쌍둥이들에게도
각각의 인드라망이 있다고 한다.

세상은 사람의 수만큼 생김새, 성격, 개성, 사고방
식, 경험 등이 다르다. 몇몇 사람들은 다른 사람보
다 삶의 이야기가 특별해 책을 한 권쯤 쓸 수 있다
고 한다. 책 한 권이나 서너 권의 책을 만들 수 있
는 이야기를 갖고 있는 삶만큼 다양하고 다채로울
수 있을 것이다.

무지개 같은 삶이 있는 반면 무명지처럼 순결하고,
단순한 삶을 살 수도 있다.

알록달록한 삶이 정답일 수 있고, 숨숨한 독자적인
삶도 정답일 수 있다.

하지만 삶이 감추고 있는 다층적인 의미를 어찌 가늠할 있을까?

혼자 사는 게 너무 좋다고 노래를 부르던 사람이 결혼을 해 아옹다옹 산다거나. 반드시 결혼을 하는 게 사명이라고 말을 하던 사람이 스님처럼 고요한 삶을…. 어떤 삶의 길이 정답이라고 단정하기는 어렵다.

그래도 주변을 보면 혼자 살고 싶다고, 남자라면 신물이 난다며, 여자는 넌더리가 난다며 머리를 흔드는 사람도 있다.

혼자 살던 사람과 사람이 만나 두 사람이 한 삶을 산다는 것도 특별하다.
혼자 사는 삶도 분명 특별한 경험이다.

어떤 선택도 소중하고 가치 있는 일이다.
그래서 오늘 밤도 별이 반짝인다. 이런 인연과 저

런 사람들 덕분에 나는 혼자이지만 혼자가 아닌 관계의 망으로 살 수 있다.

길을 잃어도
　　나쁜 건 아니야

나에겐 새로운 길을 발견하는 기쁨보다,

나에겐 새롭게 길을 만드는 보람보다,

더 짜릿하고 흥분되는 것이 있다.

길을 잃어버리는 묘미다.

뻔한 길을 잃어버린다는 것은 아주 기분이 좋다.

이상한 나라의 엘리스처럼 마법의 나라로 뛰어내

린 기분이 든다. 이 기분은 두려움과 흥미로움 그

리고 기대감이 섞여있다.

참, 길을 잃는다는 것이 '나'를 잃는 것은 아니다.

나와 나의 삶의 길이란 지극히 오묘한 삶의 장난

으로 이루어지는 경험이다.

나는 산행을 할 때마다 알지 못하는 길로 등정을 하는 습관이 있다. 이번 등산에서도 여지없이 한참 산을 오르다가 고개를 들면 생전 처음 와 본 곳처럼 아무도 없다. 그래서 사방을 둘러봐도 아무도 없었다.

두렵기보다 알 수 없는 묘한 기분에 사로잡혀 영화나 동화의 주인공이라도 된 듯하다. 하지만 몽상에 더 깊이 빠져들기에는 하늘의 볕은 좋았다.

그러다 덜컹 알 수 없는 길로 들어서겠다는 일념으로 길이 없는 곳을 찾는다.
길은 흐릿했다.
우리나라 산은 길이 없는 곳이란 없는 것 같다. 아무리 오지라도 계곡을 따라, 물길을 따라 얼마만큼 내려오면 인도가 있기 마련이다.

이런 사실을 믿어서인지 아니면 신비의 이야기 속의 주인공이 되려는 심사였는지 모르지만 서둘러 산을 내려오다 작은 집을 발견했고 집주인이 있었다. 그 주인에게 여기가 어디냐고 들떠 물었다. 그곳은 내가 자주 다니던 산의 뒤쪽이었다.

전설이 서린 듯한 집주인은 늦은 점심을 하려고 하는데 같이 먹지 않겠냐고 물었다. 담백한 말에 흡입되듯 홀려 나는 내가 싸간 김밥과 고구마, 오이 등을 꺼내 허기를 갈무리했다. 수줍은 듯 소매와 수염에 묻은 물감이 멋져 보였다.

해설피 웃으며 불안과 두려움을 해소하고 외딴집 주인이 가르쳐 준 길을 더듬어 내려왔다. 평소에 내리던 정류장에서 일곱 정거장을 더 오자 길은 뉘엿뉘엿 했다.

내가 아무리 정신을 부여잡고 산다고 해도 때론 길을 잃고 헤매며 먼 길로 돌아서 갈 수밖에 없다. 하지만 길을 잃을 용기가 있고, 길을 잃은 동안 조급하거나 불안하지 않을 여유만 있다면 분명한 것은 길을 잃더라도 다시 길을 찾기 마련이다.

현대인들은 언제나 경쟁하며 살다 보니 일순간 모든 인생길을 잃는 일 따위 없이 완전하게 계획된 길만을 걸어야 하는 것이라고 생각한다. 그래서 불분명한 미래를 생각하며 무척이나 불안해한다.
'나만 혼자 뒤처지지는 않을까, 지금 꼭 해야 하는 일인데 제대로 할 수 없으면 어쩌지?' 하는 고민들로 하루하루를 전전긍긍하며 살아간다.

세상에 아주 늦어버린 일, 그래서 할 수 없는 일은 없다. 가능성은 항상 열려 있고 나는 그저 다시 힘을 내서 걷기만 하면 된다.

몇 그램의 진심으로 포장한
　　내 맘은 진심이었다

언제나 진심으로 말하고 싶다.
어디서나 진실을 말하고 싶다.

나는 늘 진심으로 말하는 것은 아니다.
나는 항상 진실만을 말하는 사람은 아니다.
나는 가끔 거짓말을 한다.
아주 천연덕스럽게 거짓말을 할 줄도 안다.
살아있음이란 거짓말로도 자신을 지켜야 하는 것
이 아닐까?

이제껏 돌이켜 보면 내가 해야 할 말과 내가 할 수

있는 말은 달랐다. 내가 하고 싶은 말과 해야 할 말
은 다르다.

나는 내 속에 있는 말과 겉으로 토해내는 말의 간
극이 심하지 않았으면 좋겠다. 최소한 내가 하는
말이 내가 품고 있는 말을 업신여기지 않았으면
좋겠다.
진짜로 하고 싶은 말은 가슴에 담아두고 또 의미
없는 수다만 잔뜩 늘어놓는다. 신나게 하하 호호,
깔깔거리며 웃고 난 뒤에도 뭔가 개운하지가 않다.
속이 빈 겉껍데기의 언어들….

그래서 나와 네가 만나 한참 수다를 떨어도 늘 가
슴이 썰렁하다.
싸늘한 언어로 대화를 한 결과다.
신나는 술자리 뒤에도 외로웠다.
웃음은 진짜 웃음이 아니었다.
웃고 난 뒷맛은 쓸쓸하기만 했다.

어째서 사람들 속에 뒤섞여 있으면서도 이렇게나 외로운가. 이제야 그 이유를 조금 알 것 같다. 현대인의 언어에는 온기가 꺼졌다는 사실 때문이다.

온기가 살아있는 말을 하고 싶었다.
나는 오늘도 몇 그램의 진심이 담긴 언어로 하루의 이야기를 만들었을까?

온기가 살아있는 말을

하고 싶었다.

나와 결혼한 나를
다시 본다

거울을 본다.

그 속에 내가 있다.

오랜만에 본 내 얼굴이 어색하다.

좀 비뚤진 것 같다.

부운 것 같기도 하다.

머리를 한번 쓸고 옷매무새를 다듬는다.

치아를 드러내고 웃어본다.

'넌, 누구니?'

대답은 없다. 늘 없었다.

그동안은 거울 속의 내가 답을 하기 전에 내가 먼

저 한마디 하고는 윙크를 하고 돌아섰다. 오늘은
대답을 듣고 싶다.

"누구냐? 넌?"
내가 나를 소개할 때 이름, 나이, 직업, 학교, 고향
등은 줄줄 말할 수 있다. 그런데 정말 나는 소개하
기가 어렵다. 입이 떼어지지 않는다.

'니가 한번 해 봐.'
거울 속의 내게 말을 한다.
멀뚱멀뚱 쳐다보기만 한다.
'넌, 멍청이니?'
내가 누구인지 말할 정도가 되기까지 일기를 써야
겠다.
어떤 형식도 좋다. 어떤 주제나 소재도 좋다.
커피 한 잔을 하는 것처럼 자신과의 진실된 이야
기를 기록하다보면 나에 대해 다른 사람에게 멋지
게 소개를 할 수 있지 않을까.
그게 다다.

단순하게,
더
단순하게

관계. 영혼의 동반자는
　　　단순하게 하나

최고의 예술은 쓸데없는 것을 걷어내는 것이다. 나
는 과연 내 삶을 예술작품처럼 만들어 가고 있나.
넘치고, 남고, 쓸데없고 거추장스러운 것을 걷어내
고 있는가?

나는 군살처럼 전화번호가 너무 많다.
인연이든 관계든 밀도가 높아야 하는데 산만하다.
나의 삶을 특별한 예술작품으로 만들려면 형식적
인 관계보다는 영혼을 나눌 친구가 있어야 한다.

평생을 가는 관계를 맺으려면 겉모습으로 봐서는

안 된다. 영혼으로 영혼을 볼 수 있어야 한다. 마치 욕망을 이상으로 바꾸는 안목, 순간을 시대정신으로 만드는 시선….

그런데 내게는 이런 안목이나 시선이 있기나 한 것일까. 예술가는 자신만의 작품을 위해서는 자신의 귀쯤은 잘라버릴 수 있어야 하는 게 아닐까. 그런데 나는 처절하기보다는 좋은 게 좋다고 생각하며 태만하다.

결심은 박약하여 사흘을 넘기지 못한다. 해가 뉘엿뉘엿 지면 습관처럼 핸드폰을 손에 들고 손가락으로 화면을 올렸다 내렸다….

'이 사람은 일 때문에 몇 년 전에 잠깐 만난 거니 앞으로 볼 일이 없을….'
'이 사람은 혹시, 몰라, 그냥 놔둬볼까?'

쓰레기장이 아닐까 의심될 정도로 지나치게 많은

전화번호 하나를 지우려고 하지 않는다. 개꼬리 삼년을 묻어둬도 절대로 황모는 되지 않는다. 자신의 삶을 예술품처럼 만들려면 우선 너저분한 관계를 다이어트해야 한다.

스마트폰의 전화번호 목록을 훑어보며 오랫동안 연락을 하지 않는 사람, 그다지 교류가 없는 사람, 업무로 만나 더 이상 관계를 이어나가지 않는 사람들의 연락처는 삭제해야 한다. 의미 없는 전화번호 목록이 쌓일수록 되레 나의 삶은 어수선해진다.

설레지 않으면 과감히 지워버려야 한다.

핸드폰의 액정을 30분쯤 손가락을 올려놓고 위아래로 움직이지만 막상 아무런 목적도 없이 연락할 사람 한 명이 없다는 사실은 참으로 슬프다. 나의 관계망은 너무 헐겁다. 이런 삶을 살면서 내 삶을 단 하나의 작품으로 만들 수 있을까?

예리한 조각칼을 든 예술가처럼 마음을 다잡는다.
나는 냉담한 손놀림으로 번호를 삭제한다.

냉정하게 들릴지 모르겠지만 인간관계도 다이어
트를 해야 한다. 그리고 남은 오직 하나의 영혼의
동반자만 있다면 충분하다. 언제 어디서나 그냥 전
화를 해도 괜찮고, 존재만으로 위안되는 그런 한
명….

두 개의 마음을
즐기기로

나는 혼자 영화관에 가서 영화를 관람하는 것이
쑥스러웠다. 하지만 영화에 대한 예의가 혼자 보는
것이라는 생각이 든 다음부터 늘 혼자다.
카라멜 맛 팝콘을 들고 관람석으로 들어간다. 어차
피 인생이란 혼자 와서 홀로 가는 거다.

영화도 마찬가지다.
친한 사람과 함께 극장에 와서도 영화를 제대로
즐기려면 온전히 영화 속으로 뛰어들어야 한다.
그때부터는 곁에 누군가 있건 없건 상관없지 않
은가?

왜, 굳이 영화에 집중할 수 없게, 거추장스럽게 여럿이서 봐야 하는지….

영화를 보는 일은 같은 경험을 각자의 방식으로 이해하고 받아들이는, 같은 공간에 있되 다른 시간을 체험해야 하고, 각자의 감정을 가져야 한다.

그런가하면 편지를 쓰거나 문자를 주고받는 일은 한 공간에 없어도 시간을 함께 공유하는 일이다. 멀리 있는 사람과도 주제를 공유하며 대화를 할 수 있다.

같이 있고 싶은 마음도, 또 혼자 있고 싶은 마음도 모두 중요하다. 이렇게 자발적 고독은 공간의 거리, 시간의 장막이 있더라도 외롭거나 외톨이라고 느끼지 않는다. 왜냐하면 왕따나, 고립처럼 외력에 의해 관계가 단절된 것이 아니기 때문이다. 자발적 고독을 즐기는 사람은 언제 어디서든 소통을 원하면 할 수 있다.

자발적인 고독은 지금 당장 한 공간에 있지 않아

도 소통이 가능한 상태다. 혼자 영화를 보고 나서 나중에 친구나 가족을 만나 영화의 내용과 소감 등을 충분히 교류할 수 있다.

누군가와 함께 할 시간 또는 혼자만의 시간과 공간, 이 두 마음은 모두 중요하다.

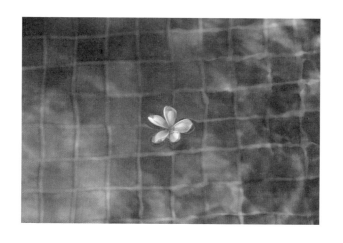

자발적 고독은 공간의 거리,

시간의 장막이 있더라도

외롭거나 외톨이라고 느끼지 않는다.

상처받은 나에게
　　청찬을

나는 짜증이다.

나는 불안하다.

나는 작은 상처에 우울하다.

나는 너무 민감하다.

나는 왜 이럴까?

그 이유에 대해 동네를 느긋하게 걸으면서 생각해
본다. 아마도 무한경쟁에서 오는 스트레스가 아닐
까? 무한경쟁 시대, 잠시도 한눈을 팔 수 없다. 잠
깐의 여유가 곧 추락이라는 결과를 가져오지 않을
까 하는 심한 불안감….

그래서 허리띠를 조르듯 마음을 단단하게 동여맨다. 나는, 현대인들은 늘 긴장상태라고 생각 든다. 긴장상태도 정도껏이어야 삶의 텐션도 생기는 것이지, 회복탄력성이 상실할 정도로 늘 긴장상태에 노출된 삶이란 정상적이지 않다.

나도 그렇지만 현대인의 긴장은 곧 스트레스다, 스트레스는 병이다. 스트레스라는 병은 자기 자신을 주눅들게 해 고립이나 단절을 만든다. 고립감과 단절감이 도저서 고독감과 무기력, 권태감을 만든다. 만성 고독감과 만성 무기력, 만성 권태감은 점점 나약한 자기 자신을 만들게 된다. 그럼, 자신감은 떨어지고, 삶에 대한 의욕이나 목표의식도 잃게 된다.

이런 사람들은 이미 지나간 것을 붙들고 지나치게 후회를 하거나 자책을 한다. 아직 오지 않은 미래의 불안에 휩싸여 통제할 수 없는 지경까지 된다.

얼마쯤의 후회와 불안은 부정적인 면보다는 긍정적인 면도 있다. 새로운 목표를 만들게 된다든가, 재충전의 계기가 된다.

하지만 정상범주를 넘는 불안과 고립감 등을 민감하게 느끼게 되면 감내할 수 없는 병으로 발전할 수 있다. 자기 자신이 통제할 수 없을 정도로 불안과 고립감 등을 느낀다면 전문가의 도움이나 약물 치료 등을 받으면 도움이 된다.

자신에게 빨간 경고등이 켜졌는데 그냥 무시하면 돌이킬 수 없는 경우도 있다. 이제부터라고 걱정을 하거나 불안해한다고 좋아질 게 나빠지게 되거나, 나빠지게 될 게 좋아지지 않는다는 사실을 알아야 한다.

삶에 맡기고 긍정적인 생각을 하는 배짱도 있어야 한다. 이미 지나간 일을 후회한다고 후회하던 일이 사라지지 않는다.

아직 오지 않는 일로 불안할 수 있지만 미래의 일
은 좋을지 안 좋을지 귀신도 모른다. 미래의 결정
요인은 지나간 나에게 있지 않다.

만약에 과거의 내가 미래의 결정원인이라면 얼마
나 좋은가? 또는 내가 논 만큼 그 결과는 이미 약
속이 되어 있으니까?
미래는 누구라도 통제 불가능하다. 오늘 역사는 필
요보다는 우연에 의해 만들어졌다는 사실이다. 내
가 아무리 노력만 한다고 미래를 결정할 수 없다
는 사실을 인정하고 늘 할 수 있는 만큼 한다는 마
음의 여유를 갖는 게 좋은 삶의 태도다.

이런 배짱, 이런 삶의 태도가 나를 더 좋은 방향을
바꿀 수 있다. 바꿀 수 없는 것을 가지고 후회를 하
거나 안달을 하며 자신을 괴롭히는 것은 NO.
차라리 나란 녀석은 꽤 괜찮다고 토닥토닥⋯. 잘난
맛에 살아도 힘든 세상, 나라도 내 편이 되어야 하
지 않을까?

혼밥의 정석,
1인분의 나와 밥 잘 먹기

혼자 사는 사람이 늘어나면서 혼자 밥을 먹는 혼밥족이 늘어난다. 혼밥의 사회적 현상을 재밌게 알아보려고 혼밥 레벨을 테스트한단다.

혼밥 만렙을 달성한 나로선 뭐가 되었든 반가운 일이다. 더 이상 '혼자 오셨어요?' 하는 질문에 어깨를 움츠리지 않아도 된다. 내가 애써 움츠러들지 않아도 이미 어깨는 좁은데….

혼자 밥을 먹을 수 있는 능력은 혼자 시간을 보내는 방법 중 하나이다. 혼자 밥 먹기가 아직은 익숙하지 않은 사람들을 위한 여러 가지 팁은 있다.

사실 혼자 밥을 먹으러 가는 데에 거창한 팁까지
는 필요 없다. 혼자가 아니라 밥을 먹는다는 행동
에 의미를 두면 그다지 어려운 일이 아니기 때문
이다.

밥을 먹는다는 행위는 살아있음에 대한 찬사를 보
내는 행위다. 내가 살아있기에 내가 살아있는 내게
찬사를 보내는 행위가 다른 사람의 눈을 의식할
일인가?

사회는 혼밥을 더욱 강조하는 시대로 변모하고 있
다. 싱글이 아닐지라도 나이가 들수록 혼자 밥을
먹게 된다. 그 무언가 혼자 해야 하는 상황이 잦아
진다. 혼자 밥 먹기, 혼자 여행하기, 혼자 주말을
보내기 등등.

대부분의 사람들이 혼자 밥을 먹으면 대인관계가
원만하지 않거나 친구가 없는 외톨이라는 시선을

혼자 밥을 먹을 수 있는 능력은

혼자 시간을 보내는 방법 중 하나이다.

받을까 혼자 밥 먹기를 꺼린다.

그렇지만 사람들은 생각보다 나에게 관심이 없다.
조금만 생각해보면 혼자 밥을 먹는다는 것은 외계
인처럼 볼 게 아닌데 왜 혼밥은 이리도 어색하고
힘든 일이 되는지 도통 알 수가 없다.
혼밥족을 외계인처럼 본다는 선입견에서 자유로
워지면 그 외의 혼자 하는 모든 것에서도 자유로
울 수 있다.

좀 더 시선을 끄는 당당함과 대범함 그리고 세련
됨으로 무장하고 능숙하게 홀로 만찬을 즐길 수
있다.

괜찮은 척하는 게
멋있다

자연은 순수를 싫어한다고 한다.

순진한 척, 이해가 되는 척척, 척척척이 문제다. 어쩌면 다들 한 번쯤은 그런 적이 있을지도 모를 일이다. 괜찮지 않은데 괜찮다고 말하며 웃음 지었던 경험….

나는 그랬다.

감정이 괜찮지 않은데, 정말 속에 문제가 있는데, 억지로 문제를 감추고, 감정을 숨기고, 나를 억압을 하며 현실을 회피했다. 나의 감정을 솔직하게 표현하는 것보다 감추는 게 예의라고 생각했다. 나

의 마음의 문제를 억압하고 누르는 게 정상이라고
생각했다.

방구석에서는 이불 킥을 할지언정 당장은 감정을
감추고, 억압하는 게 사회생활을 잘 하는 것이라고
생각을 하며 마음을 다독였다. 그때는 내 감정을
속이는 것이 쿨하고 어른스러운 태도인 줄 알았다.
솔직하게 힘들다고 징징대는 것은 한 인격체로서
해야 할 짓이 아니라는 생각…. 심지어는 웃기지도
않은데 다른 사람들이 웃어서 따라 웃거나 억지로
입꼬리를 올리기도 한다.

꼴값 이단 옆차기를 하는 것처럼 내 스스로가 연
출 감독 겸 배우가 된 것처럼 자신을 속이며 난 척,
센 척…. 이런 행동 뒤에는 나의 무의식의 그림자
는 길어지고 짙어진다는 사실이다. 센 척, 난 척은
다 하면서 누군가 나의 문제를 눈치 채줬으면 하
는 나약한 마음이 있었던 게….

왜, 나는 내게 솔직하지 못할까, 왜, 나는 겁보가
되었을까?
아프면 아프다고 당당하게 말을 하는데도 알아주
지 않으면 소리라도 지르고, 꾀병이라도 피워야 하
는 게 지극히 정상적인 사람이다.

현실에서는, 사회에서는 참고 또 참는 장미꽃 소녀
캔디라도 되어야 잘 하는 짓이라고 생각하는 어른
이도 있다. 이런 어른이는 자신의 태도나 행동으
로 인해 자신이 병들어 가는 것도 모르고 다른 사
람의 약간의 관심과 칭찬만을 갈구하는 욕망을 가
슴속에 도사리고 있다. 이런 행동과 태도는 자신을
망치는 지름길이다.

괜찮지 않으면 괜찮지 않다고 하는 또는 자신을
위해서 엄살이라도 피워 보이는 게 진정한 용기이
며 솔직한 것이고 창피한 것이 아니라는 사실….
솔직하게 괜찮지 않다고 고백…이런 게 아직 나에
게는 미숙하다.

수없이 많은 내 속을 드러내면 치부를 또는 마지막 패를 들킨다는 생각이 든다. 그래서 나의 다중이인 내 내면을 너무 솔직하게 보이면 흠이나 책이라도 잡힐 것 같다. 나는 다른 사람과 다른 난데.

다이몬드를 통과한 빛이 오색영롱한 빛을 만들 듯 다양한 감정으로 변모하는 내가 정상이다. 자연은 단 한 종뿐인 순수한 것보다 다양한 잡탕인 종이 있어야 건강하다고 한다.

다른 사람의 감정보다 나는 내게 집중을 해야 한다. 나에게 나의 감정이 다다.
그리고 타인, 사회….

부풀어진 내 풍선의
공기압 조절하기

좋은 사람이라는 평판이 나를 괴물로 만들었다.
내가 나를 괴물로 만든 것은 다른 사람들의 시선
이었다. 나는 나의 평판을 위해 나의 다채로운 정
체성을 숨기려고 했다. 나보다 다른 사람의 관심이
나 시선이 우선이었기 때문이다.

그래서 좋은 사람이라는 평가에 목을 매면 자신의
분노나 부정적인 표현, 지금 나의 기분을 솔직하게
나타내는 말을 할 수가 없게 된다. 사회생활을 하
면서 좀 더 착한 사람, 좋은 사람이 되기 위해 아무
런 감정이 없는 무골호인처럼 살아간다.

그러나 무조건적으로 나의 내면을 억누르는 행위
가 자신을 괴물로 만든다는 것을 모른다.

나는 신이 아니다.

나는 불완전한 인간이다.

나의 감정이 나에게는 전부다.

나는 오직 나의 감정에 솔직해야 한다.

속내의 문제를 이야기할 수 있다면 더이상 문제가
아니다. 감정에 솔직해지는 것은 내가 나를 존중하
는 것이다. 그것이 좋은 것이든 나쁜 것이든….

우선 나는 나의 편이 되어야 한다.

그 다음에 성찰을 하든 개선을 해야 한다.

혹여 서툰 감정을 표출했더라도 잘못된 것이라고
지적하기보다는 그럴 수 있다고…. 누구나 처음부
터 자신의 감정을 표현하는 데 능숙한 사람은 없
다고…. 초보 운전자처럼 서툴고 어느 한 곳을 긁
어먹고 부수는 과정을 통해 삶의 운전 솜씨는 는
다며…. 초보운전자들처럼 자신의 감정을 또는 화

를 낼 때에도 제대로 표현하는 법을 모른다고 다 그치거나 문제가 있다는 식으로 몰아붙이기보다는 괜찮다고, 조금씩 바꾸면 된다고 자신을 토닥토닥….

생래적으로 갖고 태어나는 사람은 없다.

다른 사람과 관계를 맺으면서 감정 표현을 배우고, 화를 내는 연습을 해야 한다. 세련되고 우아하게 웃으면 화를 낼 수 있는 법을 배워야 한다. 그러기 위해서는 내 분노의 원인을 알고 분노와 거리를 둘 줄 알아야 한다. 즉, 자신의 감정을 이성적으로 객관화를 할 줄 알아야 한다.

원인과 결과, 인과관계 그리고 어떤 점에서 기분이나 감정이 자극받고 폭발했는지, 상대방의 무엇이 나의 기분이 어그러지고 감정을 격발했는지를 외과의처럼 냉철하게 분석해내야 한다. 그렇지 않으면 나의 감정에 발목 잡히는 것은 바로 나다.

냉철한 판단을 위한…

step1, 나의 감정이 과잉되었음을 인정한다.

step2, 내가 감정적으로 격앙됐다는 것을 부정하지 않는다.

step3, 나의 감정과잉과 분노, 슬픔 등은 죄가 아니다.

step4, 감정은 원인을 알면 다스릴 수 있다.

step5, 감정의 원인을 알려면 냉철한 객관화를 해야 한다.

step6, 이런 과정을 머리로만 하는 게 아니라 꼼꼼하게 기록한다.

step7, 기록을 토대로 어떤 게 기폭제였는지 분석한다.

분석의 단계까지 끝나게 되면 어느새 미친 듯이 몰아치던 나의 감정들은 정리된다. 이로써 나는 나의 감정들을 충분히 통제할 수 있다는 사실을 깨닫게 된다.

분노하는 것이 나쁜 것이 아니다.

성숙하지 않은 분노가 문제다.

자신의 감정을 표현하는데 서툰 나는 종잡을 수가 없다. 감정 통제를 위해서 시간투자를 하는 이유는 감정이나 화를 일으키지 않으려고 하는 게 아니라 다른 사람들이 나의 감정과 화를 인정하고 수용하게 하려면 세련되게 절제를 할 수 있어야 하기 때문이다.

나의 감정과 화로 인해 다른 사람들에게 불쾌감을 주는 게 아니라 성찰할 기회를 갖게 하고 나는 나의 자존심을 지키면서 화를 낼 수 있는 인성을 갖추기 위한 것이다.

이런 과정이 없이는 언제 어디서 터질 줄 모르는 폭탄처럼 나는 종잡을 수 없기 때문에 다른 사람으로부터 기피대상이 될 수 있다.

통제되지 않은 감정은 거칠고 사납다. 그런 감정들

은 연쇄 폭발을 일으킬 가능성이 크다. 그렇다고 무턱대고 감정을 누르기만 한다면 감정들은 결코 사라지지 않는다. 오히려 더욱 꾹꾹 눌린 무의식은 괴물로 자라게 된다.

무의식이 괴물이 되지 않게 하려면 풍선이 터지지 않기 위해서 공기압을 조절하듯 나의 무의식의 압력을 적절하게 해소를 시킬 필요가 있다.

풍선의 공기압을 조절하지 않으면 언젠가 반드시 터지게 마련이다.

자존감을 세워라,

이제부터 나는 내편

사랑을 받고 싶다면 먼저 사랑을 해야 한다. 존중,
관심을 받고 싶다면 나부터 존중하고, 관심을 가져
야 한다.

사랑을 받고 싶다는 작심을 한다고 되는 게 아니
다. 존중과 관심도 사랑처럼 생각만으로 되는 게
아니다.
무슨 일이든 순서와 절차가 있다.

사랑을 받고 싶다는 생각을 한다는 것은 사랑에
관심이 있다는 반증이다. 관심과 존중을 받고 싶다

면 존중과 관심이 결여되었을 것으로 추정된다. 사람은 자신에게 결여된 것을 욕망하게 된다.

그래서 라캉은 '인간은 타인의 욕망을 욕망한다'라고 했다. 그 사람의 결핍을 알려면 무엇을 욕망하는지 알면 된다. 욕망이란 자신의 결여된 부분을 타인의 욕망으로 채우려고 하는 것이기 때문이다. 목마른 사람이 물을 켜듯이 누구나 자신에게 부족한 부분을 욕망하게 되어 있다.

자신에게 없는 것을 충족하려면 어떻게 해야 할까? 사랑, 존중, 관심 등이 물건처럼 파고 살 수 있는 것이라면 당장 마트나 편의점으로 달려가서 구입하면 되겠지만 사랑, 존중, 관심은 사람과 사람의 관계에서 생긴다.

다른 말로 하면 상대가 있어야 가능하다는 말이다. 설령 상대가 있더라도 상대가 마음을 닫으면 나의 생각이나 행동은 무용지물이다.

나의 문제는 나나 주변에서 일어나듯 문제의 답도 나나 주변에 있기 마련이다. 내가 사랑을 받기 전에 먼저 주변 사람들에게 사랑, 관심, 존중을 가져야 한다. 당장은 상대방도 '헐, 뭐야'라고 거부 반응을 보일 수 있지만 내가 노력을 하다보면 쇠도 마음을 열 것이다.

관계란 일방통행이 아니라 쌍방향이다. 이러한 과정은 타인과의 관계에서뿐만 아니라 자신과의 관계에서도 꼭 필요하다.

많은 사람들이 나와 나의 관계에 무슨 과정이 필요하고 배려와 관심이 필요하냐고 되묻겠지만 반드시 필요하다.

내가 내 자신을 안다고 섣불리 판단하는 경우가 많은데 이는 자기 자신을 잘 모르고 하는 말이다. 자기 자신은 하나의 성격, 하나의 감정 등으로 형성된 존재가 아니며 다양하게 존재한다.

자기가 자신의 감정이나 성질을 좋게 생각하는 경우도 있고, 그렇지 않은 경우도 있다. 누구나 자신이 좋아하는 자신의 성격과 감정은 드러내려고 하며 싫은 부분은 감추고 싶어한다. 이를 콤플렉스라고 하며, 콤플렉스는 자신의 단점이나 결점이라는 사실을 자기 자신이 알아야 한다.

이에 반면 무의식의 그림자란 것도 있다. 무의식의 그림자는 자기의 무의식이지만 자기 자신이 알 수가 없는 것이다. 무의식은 자기 자신도 모르는 자신의 결점, 허물, 상처, 아픔, 회피하고 싶은 현실 등이다. 무의식의 그림자란 내면 깊숙이 자기 자신도 몰래 형성되어 숨어있는 어두컴컴한 다락방이라고 생각하면 된다.

인간은 무의식의 다락방에 온갖 잡동사니를 집어넣고 문을 닫는다. 이 다락방이 가득 차서 터지면 통제 불능의 상태가 된다. 모든 사람은 항상 내면 깊숙이 시한폭탄을 지니고 있는 것이다.

그래서 틈틈이 다락방에 있는 시한폭탄을 꺼내 시한폭탄의 작약인 자신의 못난 점, 감추고 싶은 것, 바람만 불어도 아픈 상처, 볼썽사납고, 보잘것없는 것들을 다듬고, 치유하고, 소멸시키고 하는 등의 노력을 기울여야 한다.

나는 지금껏 내가 하나로 만들어진 존재라고 생각하고 바라고 있었다. 그런 연유로 나는 나의 나쁜 것 들을 회피를 하거나 무시하면 사라질 것이라고 생각했다.

하지만 회피하고, 무시하던 내가 고스란히 나의 내면 어딘가에 남아있다는 것도 몰랐다. 그래서 이상한 나에 대한 그 무엇도 적절하게 처방과 대처를 못했다.

어느덧 감당할 수 없는 나는 나를 기만하기 시작했다. 나는 나를 미워하고 저주하기 시작했다. 나는 나에게서 더 멀어졌다. 더 이상 나는 나에게 불

필요한 존재가 되어갔다. 영영 돌아오지 않을 것 같다는 생각을 하면서 두렵고 무서웠다.

그래서 나는 나에게 관심을 갖고, 관찰하고, 많은 생각을 했다. 결국 내가 싫어하는 나도 나고, 내가 미워하는 나도 나고, 내가 회피하고픈 나도 나라는 사실을 알았다.

못나고, 아픈 나의 모든 것을 방치할 수 없었다. 나는 나를 용서하고, 통째로 사랑하기로 했다. 있는 그대로 사랑하기로 했다. 나를 사랑하고 사랑할 수밖에 없는 것도 오직 나뿐이다.

이제라도…괜찮아, 난 잘 할 수 있어.
이제부터 영원히 나는 내 편이다.

나만의 무늬를
찾자구

성향, 성격, 선택, 취향이 나의 모든 것이라고 생각한다. 이런 것이 나의 내면에서 원하는 결과가 아닐까?

사람의 몸은 부족한 영양분이 있으면 먹고 싶어진다. 하지만 현대인은 생존을 위한 밥을 먹는 게 아니라 사회적 지위를 위해 한 끼 때우려고 할 뿐이다. 버티려고 의식적인 한 끼를 한다. 그러다 보니 먹는 게 형식이며 오락이 된 시대다.

현대인의 병폐 중의 하나가 영양 과다다. 그래서

때가 되도, 식당에 가서도 무엇을 먹을 것인지 고
민이다.

짬뽕을 먹을 것인가, 짜장면을 먹을 것인가?
좌고우면, 진퇴양란, 우물쭈물, 어쭈구리…. 마치
중대한 결정을 앞둔 것처럼 세상 진지해지지만 고
작해야 점심 메뉴에 불과하다.

수많은 선택지 앞에서 자신 있게 내가 원하는 것
은 무엇이라고 말하지 못하고 우물쭈물 망설이는
것을 흔히들 결정 장애라 부른다. 결정 장애란 어
쩌면 확고한 내 성향이 무엇인지 모르거나 아예
취향이라 부를 만한 게 없기 때문은 아닐는지. 선
택을 위한 기준이 없기 때문에 취향을 묻는 질문
앞에서 속수무책, 어쩔 줄 모른다.

그렇다면 나는 어떤 것에서 즐거움을 느끼는가?
이 물음에 한번쯤 진지하게 답을 생각해 본 적이
없다.

혼자 밥을 먹을 수 있는 능력은

혼자 시간을 보내는 방법 중 하나이다.

취향이 주는 느낌이 어쩐지 거창하고 무언가를 떠올려야만 할 것 같아서 저어된다. 쉽게 생각하면 취향이란 내가 기뻐하는 것, 좋아하는 것, 자주 찾는 것, 편안한 것, 즐겁다고 느끼는 모든 것이 될 수 있다. 그게 무엇이든 나의 스타일에 맞는 것을 찾는 게 취향이다.

나는 한 성깔을 가지고 있다. 그럼, 내 성깔에 맞는 것과 그렇지 않은 것이 있다. 여기서 나의 취향과 판단, 결정된다.

취향은 한 사람의 무늬다. 이 무늬가 삶에서 생긴 것인지 아니면 천형인지 알 수는 없지만…. 나만의 무늬가 없다는 것은 유튜브 없는 스마트폰과 같다.

사바나에서

　　혼자서도 잘 놀기

사바나에서 인간이 혼자 다니는 것은 브런치가 걸어 다니는 꼴이다. 그래서 인간은 뭉쳤다. 뭉쳤다는 단 하나의 사실로 인간을 파니니샌드위치 취급하던 사자나 호랑이를 사냥한다. 그래서 생긴 것이 언어고, 놀이다.

언어는 집단행동을 하는데 좀 더 효과적으로 하려는 신호를 주고받는 데서 발생했고, 놀이는 개체를 집단으로 묶는 역할을 했다. 그래서 사냥을 끝내고 집단 율동을 한다든가 서로의 몸을 쓰다듬거나 하는 행위가 집단 놀이로 발전했고 그것이 개인 놀이를 낳았다.

이렇게 집단을 이루고, 사냥을 하고, 놀이를 하던
사바나 조상들의 후손인 나는 혼자 놀기보다는 다
른 사람과 같이 놀고 싶다. 하지만 현실은 녹록하
지 않다. 워낙에 바쁜 시절이라 친한 친구나 모든
가족을 동시에 볼 수 있는 경우가 힘들다. 그렇다
고 마냥 시간이 될 때까지 기다릴 수는 없다. 그래
서 나는 나와 놀기로 했다.

나 혼자 방 탈출 게임방에 간다거나, 플래쉬 게임
을 한다거나, 맛 집 탐방을 하며 혼밥을 즐긴다거
나, 야한 영화를 보러 몰래 가거나, 훌쩍 여행을 떠
난다.

그러다보니 내가 제일 많이 듣는 말이 "또 혼자
야?"라는 말이다.
이쯤 되면 되레 혼자가 편한 법이다.

그런데 사람들은 내가 혼자라는 것을 안타까워한다. 날 걱정하는 사람들이 착각하는 것은 내가 혼자이기 때문에 장소와 시간을 장악할 수 있다는 것을 모른다.

신경 쓰이고 복잡하게 다른 사람에게 맞출 필요가 없다. 혼자만의 시간은 일부러 뭔가를 위해서 준비를 하거나 특별하게 떼어놓지 않는다.

장소와 시간에 맞춰 가방을 골라 메거나, 옷 등을 신경 쓰지 않아도 된다. 내 마음만 내키면 정할 것 없이 충동적으로 모든 것을 즐길 수 있다.

그렇기 때문에 적극적으로 혼자 노는 것을 찾아야한다. 혼자 시간과 공간을 완벽하게 장악할 줄 아는 것이 현대인의 능력이다. 그래서 적절한 안면 근육을 단련하고, 마음을 다잡는 연습을 해야 된다. 다른 사람이 나를 왕따시킨 게 아니라 내가 적극적으로 세상을 따돌린다.

이런 마음과 생각은 달리기 출발선에 선 것처럼 해야 한다.

두리번거리지 말고 오직 한 곳만 봐야 한다. 바로 혼자서도 즐거운 인생이다.
1인분 인생을 즐기는 사람, 바로 내가 되어야 한다.

나는 온 우주의
중심이다

사람은 결심을 할 줄 알아야 한다. 결심이란 삶의 푯대다. 다른 사람들의 기준이 아닌 오직 내가 만들고 내가 정한 결심으로 세운 기준…. 이런 결심이 끝내 나를 지탱한다.

단단한 결심과 삶의 기준이 내 미래를 결정하는 원인이며 요인이다. 매시간이 늘 선택의 반복이다. 인간은 매년, 매월, 매주, 매일, 매시간마다 결정의 기로에 놓인다. 이럴 때 나만의 결심과 기준이 없다면…. 나는 흔들리게 될 거다.
나는 고뇌와 번민에 빠지게 된다.

흔들리지 않는 산처럼 고뇌와 번민에 빠지지 않는 물처럼 살고 싶다면 자신과의 만남의 시간을 가져야 한다.

자신과의 만남의 시간으로는 새벽이 좋다. 하지만 반드시 새벽에만 가능한 것은 아니다. 자신과의 만남이 필요한 이유는 번민을 지우고, 고뇌를 씻고, 더 이상 흔들리지 않기 위해서다.

자신과의 만남은 영혼의 만남을 말한다. 그래서 자신과 만나고 싶다고 자기의 영혼이라고 함부로 만날 수 있는 게 아니다.

자신과의 만남을 하려면 준비를 하고 연습을 해야 가능한 일이다. 이게 바로 명상이라고 하는 거다. 언제나 자유로운 사람으로 살려면 일정한 물질과 명상은 필수다. 명상은 그 수를 헤아리기 어려울 정도로 다양하다.

중요한 것은 명상은 나를 만나기 위한 여행이다.

여행을 하려면 갖은 준비를 해야 하지만 그 중에서도 가장 중요한 것은 궁극의 귀착점이다. 누구나 어떤 여행이든 궁극의 귀착점은 자기 자신이다. 여행은 낯선 곳에 자기 자신을 던지는 것이다. 어색하고, 낯선 곳에서 자기 자신은 어떤 생각을 하고, 어떤 반응을 보이는지 관찰하는 것이다. 이는 궁극의 귀착에 도달했을 때 생각과 말, 행동을 간명하게 해야 한다.

명상이란 여행이고, 여행은 낯선 곳에 자신을 부처하는 것이며, 그리하여 생기는 상념과 행동을 보는 시선으로 자신의 마음과 몸을 관찰하는 것이다. 이는 습관과 인습으로 구속된 자기 자신을 해방시키는 것이고, 지금 껏의 자기 자신을 전복시키고 굴복시키는 통과의례다. 강제적으로 타인의 힘에 의해 내 자신을 낮추면 굴복이다. 자발적인 자기 자신의 전복과 굴복, 내 영혼의 높이로 나를 낮추면

겸손과 덕이 된다.

낮추면 낮출수록 나의 영혼은 더 잘 보이고, 비우면 비울수록 나의 영혼은 맑아진다. 이런 태도가 다른 사람들의 소리를 온전히 들을 수 있는 나의 귀를 만든다. 이런 태도가 나와 다른 사람들의 관계를 건강하게 만드는 나의 힘을 기른다.

결국 타인이 문제가 아니라 내가 문제고 내가 답이다.

오늘도 나는 바른 자세로 앉아 아침의 태양을 단으로 맞는다. 오늘밤 나는 똑바로 누운 상태에서 심호흡을 하며 밤하늘의 별을 맞이한다. 호흡에 집중하며 숨을 세면서 내가 내 심연으로 스며든다. 아침과 밤만 이런 명상을 하는 게 아니라 틈과 짬이 나면 온 우주의 기운을 들숨에 뭉쳐 깊은 영혼의 집까지 집어넣는다.

그 어떤 것에도 치우침이 없이 늘 나는 내가 나의 균형점이 된다. 명상은 삶의 균형을 잡아준다.

나는 온 우주의 중심이다.

아직도, 나에게로
　　가는 중이다

아기의 첫 울음은 두렵기 때문만은 아니라고 한다.
세상에 대한 궁금함과 설렘이 섞인 울음이다.

갓 태어난 아기의 환호는 엄마의 도움에서 벗어나
스스로 쉬는 첫 번째 숨이다. 장하다고, 대견하다고
스스로 쓰다듬는 게 첫 아우성이라고 생각된다.

생물학적으로 인간의 몸 중에서 세상과 직접 맞닿
아 있는 게 허파라고 한다. 아기의 첫 숨은, 세상의
첫 선은 허파로 하는 거다. 그래서 엄마에게, 할머

니에게, 의사 선생님에게 괜찮다고, 건강하다고 알리는 소리다.

아기의 첫 번째 숨은 건강과 이상 그리고 온전한 삶이 들어있다.
이 한 번의 숨이 없다면….
첫 번째 숨, 맨 처음 고백, 초짜 도전 등이 그래서 소중하다.

엄마의 따뜻한 품을 벗어나 세상으로 발을 들여놓고, 그 누구의 힘을 빌지 않고 오직 나 혼자의 판단으로 결정했을 때는 설렘은 구속의 두려움과 설렘의 후련함이 교차한다.

이런 시점은 사람마다 다 다르다. 어떤 이는 10대 후반에 오는 경우도 있고, 어떤 이는 20대 초반이나 후반에 오는 경우도 있다.
설렘과 두려움의 묘한 감정이 뒤섞인 시기를 벗어나면 숨이 턱에 차도록 뛰는 자신을 발견하게 된다. 그리고 언제부터인가 무엇인가 쫓기듯 다급하게 결정하고는 후련함은커녕 또다시 몰려오는 판단과 결정을 해야 한다.

이럴 때는 두려움이 뭔지 실패가 뭔지도 모른 채 거친 숨을 몰아쉬며 달려야 한다. 아무리 달리고 또 내달려도 언제나 혼자라는 생각에 털끝이 쭈뼛해진다. 이런 정체모를 두려움에 떨고 있는 게 나뿐만 아니다.

죽기 전에 죽는 사람은 죽어도 죽지 않을 것이다. 그 누구의 보호도 없이 혼자의 삶을 적극적으로 받아들이는 순간 나는 한 뼘 더 성장하게 된다. 한 뼘 성장하는 발밑에는 두려움을 극복하고 새로운 두려움을 마주하게 된다.

두려움과 기회 속에서 시도하고 경험할 것들은 그야말로 지옥과 천국을 오가는 것처럼 극적이다. 또한 혼자라는 것은 그만큼 자신에게 더 집중하며 사랑할 기회이기도 하다.

관계 속에서 그것을 잘 유지하며 더욱 돈독하고 싶다는 생각에 안절부절 못하고 스스로를 억압하던 모든 것들에서 탈피해 진정한 자신을 찾고, 자신에게 집중할 수 있는 시간이 된다. 이렇게 찾은 나의 본 모습으로 때론 당당하게, 때론 도발적으로 세상에 덤벼들며, 다른 사람과의 관계를 맺고 더 행복하게 사는 내가 될 것을 다짐해 본다.

완전한 홀로서기는 패배의 쓴 잔도, 영광의 달콤한 잔도 내 몫이다. 온전한 책임을 질 수 있는 자만이 독립된 자유를 만끽할 수 있지 않을까?

운명이 어떤 잔을 준비할지 모르지만, 운명의 신이 주는 잔이 아닌 내가 판단하고 선택하고 만들어가는, 내가 거머쥔 내 운명의 잔을 들고 뉘엿뉘엿 지는 서산마루의 해를 보고 싶다. 해가 서산너머로 스러지고 어둠을 뚫고 빛나는 달이 뜰 때까지….

그 무엇에도 의지하지 않고 온전한 나만의 판단과
선택 그리고 책임으로….

깊고 깊은 숨을 쉬어본다.

온전한 책임을 질 수 있는 자만이

독립된 자유를 만끽할 수 있지 않을까?

첫 자전거 타기를 기억한다

너무 먼 미래를 보면 첫 발을 떼기가 어렵다. 그렇다고 발끝만 보며 걷다가 길을 잃기 십상이다.

인생에서 정답이 무엇인지 알기란 힘들다. 가끔 '나란 녀석이 대단해'라며 토닥여 줄 수 있으려면 내가 원하는 것이 뭔지 알아야 한다. 내가 원하는 것을 안다는 것은 길을 갖는 것이다. 내 마음으로부터 시작된 길을 따라가다보면 태양이 피어나는….

길을 막상 찾았더라도 방심하면 안 될 게 방향이 문제. 어떤 일을 하든지 방향을 잃으면 아무리 애를 써도 공염불이다. 애써 쌓은 금자탑이 무너지지 않도록 내가 원하는 것이 무엇이고, 어떤 의지로 노력을 할 것인지 명백한 좌표를 가지고 있어야 한다. 그렇지 않고는 멀지 않아 자성을 잃은 나침반처럼 된다.

인생이라는 항해에서 나침반을 잃는다는 것은 오도가도 못 하는 꼴이 되는 것. 오도가도 못 하는 삶에 매여 있는 나를 생각하니 막막하고 아득하다. 언제나 실패가 경험이 될 때는 새로운 시작을 염두에 두지 않는가.

새로운 시작을 잉태하지 못하는 사람은 더 이상 꿈을 꿀 수 없다. 꿈꾸지 않는 사람의 삶에는 노을이 진다. 노을로 가득한 나의 눈동자에는 아무런 눈부처가 없다.
텅 빈 눈동자에는 허공이 가득하다. 허공 같은 눈동자에 생명의 불을 밝혀야 한다. 간절한 소망과 열망으로 가득한 눈동자에 불빛을 살리기 위해 목적을 세워야 한다.

목적이 있는 사람은 주저앉을 수 없다. 방향을 잡고 목적이 있는 사람은 자전거 페달을 밟아야 한다. 멈추는 순간 쓰러지기 때문이다.

나는 더 이상 방향을 잃고 쓰러지지 않을 것이다. 그래서 끊임없이 발에 힘을 주며 페달을 밟을 것이다. 1인분 인생, 나로 살기 위한 그 목적지를 위해서….

1인분 인생
빛나게
나로 살기

초판1쇄 발행 2022년 07월 15일

지은이 희망씨+한수
펴낸이 김성한
펴낸곳 도서출판 미네르바

신고번호 제2002-000046호
신고년월일 2002년 07월 15일

주소 서울시 성동구 금호동1가 179-59, 201호
전화 02-2281-7830
팩스 02-2281-7833 / 02-6280-7830

ISBN 979-11-5589-021-9 (03810)